新秋海棠

一生低首紫罗兰 周瘦鹃 文集

周瘦鹃

著

广陵书社

图书在版编目（CIP）数据

新秋海棠 / 周瘦鹃著. -- 扬州：广陵书社，
2020.3（2022.3重印）
（一生低首紫罗兰：周瘦鹃文集 / 陈武主编）
ISBN 978-7-5554-1369-1

Ⅰ.①新… Ⅱ.①周… Ⅲ.①长篇小说－中国－当代
Ⅳ.①I247.5

中国版本图书馆CIP数据核字(2019)第280921号

书　　名	新秋海棠	丛 书 名	一生低首紫罗兰——周瘦鹃文集
著　　者	周瘦鹃	丛书主编	陈　武
责任编辑	戴敏敏	特约编辑	罗路晗
出 版 人	曾学文	封面设计	琥珀视觉

出版发行　广陵书社
　　　　　扬州市四望亭路 2-4 号　　　　　邮编：225001
　　　　　(0514)85228081(总编办)　　　　85228088(发行部)
　　　　　http://www.yzglpub.com　　　 E－mail:yzglss@163.com
印　　刷　三河市华东印刷有限公司

开　　本	787mm×1092mm　　1/32
字　　数	138千字
印　　张	9.25
版　　次	2020年3月第1版
印　　次	2022年3月第2次印刷
书　　号	ISBN 978-7-5554-1369-1
定　　价	52.00元

目录

1

弁　言

　　民国八年至三十一年，我除了给《申报》先后编辑《自由谈》《春秋》《儿童》《家庭》等副刊外，兼带主持长篇小说，成绩还算不错；可是登来登去，无非是几位老朋友的作品。二十九年秋，为了要发掘新作家起见，特地悬赏征求，一时应征的作品，倒有一二百部，无奈都是不合用的。那时老友秦瘦鸥兄恰好闲着，手头有三部小说要写，我就请他先将故事的节略写出来看看。不上几天，他交来三篇节略，我读过之后，一挑就挑上了《秋海棠》。一则因为那故事曲折动人，描写男女之爱与骨肉之情，有深入显出之妙；二则因为我生平爱花，苏州故园中紫罗兰盦的窗下，与紫罗兰并植着的，正是这别号断肠花的秋海棠，用这凄艳的花名来做书名，自是正中下怀的。为了要使情节热闹一些，我向瘦鸥建议，该添上一个侠客型的人物，瘦鸥深以为然，就替我创造了那个好酒任侠、行动飘忽的赵玉昆。《秋海棠》刊布后，因描写生动，刻划入微之故，深得读者们的赞美，可惜为了在《申报》"一年刊完一部小说"的原则之下，匆匆地结束了。去夏瘦鸥想出单行本，由我向《申报》无条件的取得了版权，一编问世，不胫而走，引起了戏剧界和电影界的注意，由顾仲彝、费穆、佐临三位先生改编剧本，由马徐维邦先生编导电影；电影尚未映上银幕，而剧本却已先由上海艺术剧团在卡尔登上演了。自三十一年十二月二十四日搬演红氍之后，轰动了整个的上海，打破历来卖座的纪录，几于无人不道《秋海棠》，在瘦鸥固然喜不自胜，而当年薄效微劳的我，也是"与有荣焉"的。《秋海棠》开演后的第三夜，瘦鸥曾约我去看，只因那夜我须参与一位老友的爱子的婚宴，未快先睹，到得我有了机会去看时，已在一个月之后了。石挥、沈敏、英子、史原诸艺人的深刻神化的演技，没一个不击节叹赏，而赚得了我不少的眼泪。一阅月来，我的朋友中十个倒有九个都已看过《秋海棠》，都说哀感太过，虽铁石人也将为之下泪，最好能使剧中人苦尽甘来，给大家乐一下子。我的三女杏，四女瑛，心肠本是最软不过的，平日看话剧电影，只要剧情稍稍悲哀一些，就得掏出手帕来抹眼泪，这回看了《秋海棠》，更泣不能仰。回到家里，就嬲着我道："爸爸，能不能使秋海棠不死？"我苦笑着答道："傻孩子，我又不是仙人，哪儿来的起死回生之术？"第二天吃过了晚饭，我们一家子照例要有一搭没一搭地聊天的。十六岁的阿瑛最健谈，也最顽皮，索性会同了她的哥哥和姊姊来向我请愿，异口同声地问道："爸爸，能不能使秋海棠不死？"我毫不考虑地答道："死的已死了，还有什么法儿可想，你们不要为秋海棠发痴吧！"我家也有一个梅宝——去夏已经出阁的次女梅（乳名梅宝），有一天归宁，闲话家常之余，少不了又要谈起《秋海棠》，顽皮的阿瑛，背地向她的姊姊说道："梅姊，您也是梅宝，应该救救您的爸爸啊！"于是运动了梅，再来嬲着我不放，一面她又学着英子在舞台上唤爸爸的苦腔，一声声对我叫着，我不由得笑了起来道："梅，你看阿瑛淘气不淘气，凭你是孝感动天的梅宝，也救不了你势在必死的爸爸啊！"梅是一向沉默寡言的，也就不说什么，偏是阿瑛努起了嘴，咕哝着道："又不是真的叫您使什么法术，去救活秋海棠，只要动动笔头，想想法子好了。"这一句话倒说动了我的心，当夜我在灯下翻出《秋海棠》原书来，将末一章的《归宿》仔细读了两遍，研究秋海棠从小客栈楼上摔下来有没有不死的可能？又闭上两眼，追想石挥在红氍毹上表演秋海棠临终的情状，记得他虽已受了重伤，却还能侃侃地说出"血与泪"，"人生的美"一番话来，似乎还有一线活的希望。这一夜我也为秋海棠发了痴，不断地想，想，想，直想得一夜无眠，一方面却已有了计较。第二天早上起来，我已立下决心，好像摇身一变，变作法力无边的仙人，决计要救活秋海棠了。于是我鼓着勇气，向着阿瑛她们说道："昨夜我想了一夜，已有了一些主意，可以使秋海棠不死。"阿瑛第一个高兴得跳起来，忙着问用什么方法。我道："这个我还须去和秦家伯伯商量一下，问他自己要不要救活秋海棠？"大儿铮笑道："爸爸又要偷懒了，想把这回事推在秦家伯伯身上，是不是？"快嘴的阿瑛忙着接口道："这如何说得过去，譬如做好事，自己束手不做，却硬叫别人去做，人家愿意么？"长女玲也插嘴道："我看这回事还是由爸爸自己来干吧。秦家伯伯已决计把秋海棠杀死了，不见他在原书的《前言》中说：'连梅宝得以重见罗湘绮，已经太 Dramatic 了，如何还能让秋海棠死里逃生的做起封翁来呢？'现在您偏偏大发慈悲之心，设法将他救活，凡是看过秋海棠这部书和这本戏的，一定皆大欢喜，并且感激不尽。暂时您也不要给秦家伯伯知道，等到救活了秋海棠，出其不意地使他惊异一下，岂不有趣？"我没精打采地说道："如此说来，你们要逼着我救活了秋海棠，将这故事写下去了？"他们不约而同地点头称是。阿瑛又抢着说道："老实说，在爸爸起劲写小说的时候，我们还在幼稚园里，不会看小说，现在会看小说了，您又老是不肯写，这不是有意跟我们闹别扭？我代表哥哥姊姊们要求爸爸，这一回您非写不可！"我摇头苦笑道："这是你们在跟我闹别扭了。试想这几年来我经了死别生离，百念灰冷，哪里还有什么心绪写小说，每天除了弄花木盆景外，连书也懒得看，见了笔墨就头痛，正如秋海棠在李家庄做了庄稼人，久已不上舞台去唱戏了。写一部小说，可不是容易的事，且让我仔细考虑一下。"于是我开始考虑了，心想我年轻时写小说，十篇中倒有九篇是哀情作品，非将男女主角置之死地，不肯罢休，因此也赚了人家不少的眼泪，作孽作得太大了。人到中年，应当修心补相，转变一下，救活了秋海棠，使有情人得一个美满的结果，让那些流过眼泪的读者和观众一齐破涕为笑，倒也是功德无量的事。一连三天，给秋海棠盘踞着我整个的头脑，想尽方法，要把这段故事开展下去，三天之后，总算得了一个粗粗的轮廓。因了儿女们的一再怂恿，因了紫罗兰复活而鼓起我的勇气，因了秦瘦鸥兄和上艺诸艺人给予我的"烟士披里纯"，我终于大胆地写这部《新秋海棠》了。文笔的拙劣，描写的呆滞，都在意料之中，狗尾续貂之诮，自是免不了的。关于这一点，要请读者原谅：因为我也像忧患余生的秋海棠一样，挣扎着上红舞台去充打英雄，一翻筋斗就要摔交，简直是不行的了。

西方人做一部书，往往在开头的一页上写着
Dedicated to——就是献给他生平所敬爱的某某人的意思；
所以瘦鸥的《秋海棠》原书上，也有"献给恩重如山的
祖父——季云秦公"字样，显见他正像梅宝那样，是一
个很有孝心的好孩子。那么我这部《新秋海棠》，又待献
给谁呢？难道献给我那几个"逼上梁山"式逼我写作的
淘气孩子们么？不，不，不！我要诚心诚意地献给：

苦心创造秋海棠而把秋海棠杀死的瘦鸥老友

刻意扮演秋海棠而使秋海棠不朽的石挥艺人

一　九死一生

"梅……梅宝，我的孩子！"

"梅宝……梅……梅宝……你……你在哪里？爸爸……是完……完了。"

鲜血一般红的夏天的阳光，残酷无情地直射到一张白垩剥落而微微欹侧着的矮铁床上，照见一个血污泥垢纵横斑驳的可怕的脸庞；照见右颊上一个深刻而不整齐的十字形的瘢痕，分外丑恶；又照见一身破旧的单衫单裤上也沾染着血和泥，一片模糊，而两个膝盖上的伤口里，还在不住地淌着血。把此人整个儿地打量起来，简直是三分像人，七分像鬼，给小孩子们见了，一定会吓得哭出来的。此人是谁，不用说是那贫病交迫落魄穷途的秋海棠了。也是他合该有命，为了要躲过罗湘绮而从小客栈楼上摔下来的时候，恰恰被楼窗外人行道上一株绿叶扶疏的法国梧桐挡了一挡，摔下去的那股势子就缓和了一些，何况这一角矮楼并不很高，而下面的人行道又因年久失修，水门汀脱去了一大块，他的上半身正扑在泥地上，下半身摔着水门汀，就磕破了两膝盖，淌了好些血，可是摔虽没有摔死，却已晕了过去，不省人事了。

到得他苏醒回来时，已不知被谁送进了大善医院的三等病房里。所有二十多张病床上，早已躺满了二十多个男男女女的穷苦病人，污浊的空气里，嘈嘈杂杂地腾着一片呻吟之声和病人亲友们谈话的声音，任是秋海棠哼着"梅宝""梅宝"，谁也没有听得。至于医生和看护们正在伺候头二等病房里那些有钱的病人，对于三等病房里的穷苦病人们，照例是不大理会的。秋海棠被送进来差不多已有半小时之久，并没有人给他付过一个大钱的医药费，所以他们还腾不出闲工夫来看顾他。

罗湘绮同梅宝坐了汽车急匆匆地赶来，满以为可以见到她阔别了十多年、记挂了十多年的爱人，彼此畅畅快快地抱头痛哭一场，一泄十多年来心中的积郁。哪里知道到达了目的地，却已人去楼空，只见地上一摊猩红的鲜血，触目惊心。她低着头呆呆地瞧着，眼泪扑簌簌地掉下来，掉在血中，真的是血和泪在交流了。梅宝听了韩家姑娘对她说"你爸爸打楼上摔下来死了"的一句话，止不住号啕大哭起来，一声声惨呼着："爸爸，爸爸！"正像杜鹃泣血一样的悲哀。

湘绮定一定神，便向韩家姑娘探问经过的情形，一面抹眼泪，一面连连叹息。四面围着许多好事的人，用好奇的眼光看着这位大家风范的中年太太，在猜测她和那穷苦的死者有怎样的关系。一般长舌的妇女们，更在交头接耳地纷纷议论。巡捕见这里聚着一大堆人还是不散，便挥动着警棍，过来吆喝。湘绮趁此拉了梅宝和韩家姑娘进了那小客栈，闲人们便也在警棍的示威下，抱憾似的走散了。

"今天早上，爸爸恰因有些事情，出外看朋友去了。"韩家姑娘呜咽着说，"我买了些豆腐咸菜回来，正想淘米做饭，猛听得街上起了一片呐喊的声音，似乎出了什么意外似的，我急忙赶到门外来瞧时，却见吴家伯伯伏在地上，一动都不动，许多人都围拢来看。我一时急昏了，不知道怎样才好，一会儿巡捕来了，看了看吴家伯伯，连说死了死了，当下打电话去叫了一辆病车来，说是先送医院去试试，看能不能救活他，这位巡捕先生倒是挺好的。接着又向我们栈里老板问了几句话，就把他带到巡捕房去了。"

湘绮听了"看能不能救活他"这句话，心上立时起了一个极大的冲动，也来不及多说什么话，扯住了梅宝的手道："梅宝，你不要难受，快快跟我看你爸爸去！我们一定要救活他，我们一定要救活他！"

母女俩失魂落魄似的跳上了汽车之后，汽车夫宝生双手把着凡尔盘，一面回过头来莫名其妙地问道："姑太太，上哪儿去？"湘绮怔了一怔，霍地记得刚才赶到的时候，曾瞥见一辆白色的病车向西驶去的，当时并没有知道车中所载去的正是她的心上人，不然，早就追踪前去了。现在既不知道他在哪一家医院里，西区地域很大，医院又多，待向哪儿去找呢？

"宝生，你且向西段最近的一家医院开去，这是有关性命的事，要开得快！"湘绮无可奈何地向宝生说，宝生答应一声，汽车便开动了。湘绮眼中含着泪珠，额上挂着汗珠，神经紧张到了一万分，一手紧握着梅宝的手，兀自在那里抖颤。她并不信佛教，而暗暗地却在念着："我佛救救他！"她也并不信耶稣教，而默默地却在祈祷："上帝救救他！"真的如痴如醉，自己也忘了自己。那汽车飞快地驶去，车轮碾过路面，倒像碾在她的心坎上，她的心也就随着车轮向前转动，一会儿已到了西区最近的一家济世医院。湘绮跳下车去一问，据说昨天早就客满，今天送来的病人，全都回绝了。湘绮好生焦急，梅宝只是抽抽咽咽地哭，幸而那汽车夫倒是老上海，又是开车开了十多年的老手，西区几家医院的路由牌，好像竖在他的心中，不等湘绮关照，早又开到了第二家医院。谁知她所听到的，也和济世医院一样的回话，直急得湘绮和梅宝面面相觑，不住地跺脚。

天无绝人之路，母女俩终于找到大善医院了，一问之下，刚才确有一个跳楼摔伤的穷汉被送到这里。不多一刻，湘绮好像做梦般被领导到一间三等病房中，只听得梅宝又惊喜又悲痛似的高喊了一声："爸爸！"她自己猛觉得眼前一团漆黑，又是一个天旋地转，霎时晕倒在地。

"妈妈，您怎么啦？妈妈！您怎么啦？"梅宝见她爸爸还没有死，哪得不惊喜万分，正待扑到那病床上去，却见她母亲晕倒了，一时慌了手脚，急忙跪倒在地上，一面抚拍，一面连连唤着。

一位白衣白帽的看护小姐，正在近旁给一个病人查热度，见这边出了岔子，就三脚两步赶了过来。可怜的湘绮！实在太兴奋了。她在这半天之内，又欢喜，又悲哀，又惊慌，又焦急，心中正好似倒翻了一个五味瓶，不知是什么味儿，而十多年来牵心挂肚，念念不忘的爱人，已近在眼前，天可怜见的，并没有把他打进太平间去，仍还好好地在病房里，情知他是有救的了。一时惊喜过度，百脉俱张，所以晕了过去。可是不等到医生进来急救，她已渐渐地苏醒过来。

在半醒半睡状态下的秋海棠，总算已经医生救治而苟延了残喘，两膝上的伤口也包扎好了，不过热度很高，呻吟不绝，不知已唤了几百声的梅宝了。梅宝的一声"爸爸"，直刺到他的耳中，直打到他的心上，他哪里会不听得？挣扎了几分钟，才勉强从枕上抬起半个头来，又挣扎着撑起了沉重的眼皮，硬睁着眼睛瞧。他第一个模模糊糊瞧到的，却并不是天天相依为命的爱女梅宝，而触电似的接触到一双似惊似喜似悲似痛的水汪汪的眸子，这十多年前在北京粮米街上蓦见了五百年风流业冤的爱人罗湘绮，如何会认不得？当下他哇的一声哭出来，半个头重又倒在枕上，随把那深刻十字的右颊侧过一边，没命地扯起一角被单来掩住了。

"钧！钧！您叫我想得好苦啊！"罗湘绮好像铁片被磁石吸去似的扑到了他的枕边，早哭得像泪人儿一般。梅宝也凑过来唤着道："爸爸，您听得么？妈妈在唤您！谢天谢地，今儿个我把妈妈找到了。"

秋海棠只有呜咽的份儿，一时哪里说得出话来。蓦然之间，却觉得自己一只又瘦又脏又发抖的手，被一只柔若无骨的纤手握住了，握得紧紧的，紧紧的不放。这分明不是在做梦，实实在在是十多年来没一天不想见面而又不愿见面的心上人儿罗湘绮啊!

挣扎了好久好久,秋海棠才断断续续地从嘶哑的腔子里吐出一句话来道:"湘……湘绮……我害……害苦了您!"湘绮泪眼婆娑地望着他:"钧!您怎么说出这样的话来?实在是我害苦了您!"声音带着哽咽,凄怆欲绝。梅宝站在一旁,也兀自落泪。

"太太,不要多说话了,免得使病人多伤精神,多受刺激。"正在这时候来了一位医生,对湘绮这样说:"他的外伤虽没多大关系,而内病很重,热度很高,并未脱离险境,您且让他静养静养,请到外边来吧。"湘绮一想不错,就轻轻地放了秋海棠的手,扶着梅宝的肩头,跟着医生走出了病房。

医生透着好奇的神气,打量这位美貌华服的中年太太,不知是病者的什么人,瞧那病者又穷又丑,和她正有云泥之隔,为什么竟如此亲热?因此怀疑似的说道:"太太,这病人是由捕房方面送来的,据说姓吴,以卖唱为生,住在东新桥小客栈中,膝下只有一个女儿,也是卖唱的,此外并无亲属,所以也没有人代他付过医药费,只得委屈他暂留在三等病房中,但不知太太和病者是什么关系？"这时他们已在会客室中坐下，梅宝偎傍着她的母亲，活像一头依人小鸟。

"他么？他是我的丈夫，这孩子就是我们的女儿。我们一家子本来是住在北方的，只为连年遭到兵灾，彼此失散。我跟着亲戚先到上海，他们父女俩却流转各地，吃尽了苦，终于也到上海来了。现在也不用多说废话，请先生赶快把他移到头等病房去，我这里先付五百块钱，请你收了，我和女儿要日夜陪伴他，请你另外安放一个床铺。"湘绮说着，从手中一个白纹皮长方大手袋里数了五百块钱的钞票，交给医生。

"太太，使得使得，我立刻预备去。"医生笑逐颜开地接了钞票点一点数目，立时站起身来，钞票才进了衣袋，两脚已出了客室。接着忽又回过身来，柔声向湘绮道："请太太宽坐一会儿，停会儿我送收条来，再陪您到头等病房去。一号房恰恰空着，光线跟空气都好，包管太太满意。"这位金医生不但行使医病的职务，兼充大善医院的总务主任，对于有钱的病家，一向是一团和气，招待唯恐不周的。

有钱使得鬼推磨，半小时后，一切的一切，都已妥妥帖帖地准备好了。大善医院的大善，就在这一点上表现了出来。一号病房确是头等病房中天字第一号的好房间，向南一排六扇亮晶晶的玻璃窗，两旁排着雪白镂空花的长窗纱，窗外一株绿油油的垂柳，又长又软的柳丝，给微风梳着，时时拂上窗槛。白的窗框门框，白的平顶，白的墙壁，白的床，白的枕衣和被褥，白的矮几，白的椅凳，白的茶具和盂钵，四下里一白如雪，令人油然而起清静整洁之感。近旁一张较大的床铺，分明是给陪伴的人睡的，也一样的一白如雪。

　　在这一白如雪的环境中，躺着奄奄一息的秋海棠，连身上沾染着泥和血的衣裤也脱去了，金医生不知从哪里弄来一套白短衫裤，给他换上。他实在兴奋极了，虽是疲乏得沉沉欲睡，却老是睡不着。他虽因求死不得，认为莫大遗憾，然而阔别了十多年的心上人儿，竟意外地投到他的身边来，毕竟是快慰平生的事，即使自己的病和伤终于不救，也可含笑于九泉之下了。想到这里，心上似乎开出一朵朵花来，脸上微微地透出一丝丝的笑痕。这病房位在全院最幽静的一隅，再也不像三等病房里那么嘈杂，静悄悄的连苍蝇飞过撞在玻璃窗上的声响，也可以听得分明。

湘绮和梅宝，已由医生鞠躬如也地领导了进来。秋海棠是念念不忘他右颊上那个十字瘢痕的，本来仰天平躺着，一听得脚步声，急忙向右面一侧，把右颊深深地埋在枕头里，抬起眼来瞧着湘绮，气喘吁吁地说道："湘绮，怎么啦？您……您把我……移到这样好……好的病房里来……可是……可是我已不……不中用的了……您……您……不要为……为了我多花钱……留……留着以后……给您自己过日子……还……还有梅宝，我可要……托付给您了……"

"钧！大夫再三关照我，请您千万不要多说话。从今天起，您这人是整个儿属于我的了，只要您的身子一天天硬朗起来，多花几个钱算什么。您为了我份上，为了我们的梅宝份上，得多多保重身子。我跟梅宝日夜地陪伴着您，等您起了床，我们才一块儿离开这里。快闭上眼睛，好好地睡一会儿吧。"湘绮走上几步，坐到床沿上去，将被单给拉上了一些，轻轻地在秋海棠身上抚拍着，好像慈母哄她的爱子在摇篮里安睡一样。梅宝坐在脚边，便抚着她爸爸的脚，而两个含着余泪的眸子，恳切地望着她爸爸的脸。

秋海棠果然不再多说什么话，乖乖地闭上了两眼，抑制自己一颗波动的心，一意地想睡过去，可是外伤与内病，使他周身发烧，而两膝盖的伤口上虽已敷了药，仍在刺刺作痛，一时哪里睡得着。但他在湘绮的抚拍之下，一动都不敢动，一面又暗暗地命令着自己道："睡！睡！睡！非睡不可！"叵耐越是认真，越是没用，他为了要使湘绮安心起见，故意地做出打鼾声来，假装着睡得很香，同时他默数着一、二、三、四……直到一百、二百，又默念着阿弥陀佛，足足念了好几百遍。这么一来，心波渐渐地静止，痛苦渐渐地忘却，睡魔终于降临到他身上，把他带领到黑甜乡去了。

湘绮停住了抚拍，向脚后的梅宝呶一呶嘴，母女俩就蹑手蹑脚地踅出了病房。"梅宝，你好半天没有吃过东西，肚子饿了，待我叫他们弄些面包来给你吃。"湘绮牵着梅宝的手，到一间小小的餐堂里去，这是医生和看护们就餐的所在。梅宝忙道："妈！您也该吃些东西了。您吃，我才吃；您不吃，我也不吃。"湘绮没奈何，唤院役弄了些面包糖酱来，和梅宝俩吃了一些。她蓦地记得汽车还停在外面，有两件事该唤宝生去做，她就让梅宝先回病房，自己急忙地赶了出去。

"宝生，这里有两百块钱，你拿着到刚才那家小客栈去，跟老板说，吴先生由他小姐伴着，在医院中养病，不再回来了。他所欠的账就结一结清，不足可来找补，有余不必找还，所有的东西，除了他们父女俩的夏衣外，其余一起送给韩先生和韩小姐，留作纪念。你把这事办妥之后，就回去禀告老爷、太太，说我在这里陪伴姑老爷，一时不会回来，且把我的衣服、被褥和日用的东西收拾收拾，带到这里。"湘绮说着，掏出二百块钱递与宝生，宝生唯唯应命，开着汽车去了。

任凭秋海棠怎样的小心翼翼，掩藏他那丑恶的十字伤瘢，不愿给罗湘绮瞧见，明知湘绮既日夜的厮守在自己身边，怎能永久地掩藏下去，然而总想挨延一刻是一刻。哪里知道睡熟之后，什么都不知不觉，更谈不到提防两字，略一转侧，就把他的右颊显豁呈露出来，那红里泛黑的十字瘢痕，映着雪白的枕衣，分外明显。湘绮回到秋海棠床边来时，立时瞧得清清楚楚，真的是触目伤心，禁不住掉下几颗泪珠儿来。梅宝是个乖觉不过的女孩子，知道母亲已瞧见了父亲不愿给她瞧见的伤瘢，正在伤心落泪，她也无话可说，只索黯然神伤。

"怪不得他不愿意给我瞧见，"湘绮在暗暗地想，"十多年前，他是出落得眉清目秀。何等的漂亮，正不知风魔了多少男男女女。哪里料得到为了我们的结合，竟遭到恶魔的毒手，破坏了他这一副潘安仁掷果之姿，但是任他变得怎样丑，我也决不会厌恶他的，他对于我未免认识不清了。"

正在这当儿，院役进来通报，汽车夫来了。湘绮赶出去瞧时，却见宝生不但带来了父女二人的夏衣，自己的衣服、被褥和日用的东西，并且带来了三个人——罗裕华夫妇和他们的儿子少华。裕华一见湘绮，就抢前一步道："妹妹！怎么一回事？怎么一回事？"近玉也接口道："您出去了好半天，不见回来，真把我急死了！"湘绮叹了口气，同他们到会客室中，把前因后果，约略地说了一下，听得他们非常感动，近玉竟也掉下泪来。只因秋海棠仍在熟睡，未便介绍相见，单把梅宝唤出来，让她正式拜见舅舅、舅母。少华一见梅宝，脸就红了，忸怩着说："想不到酒楼卖唱的梅姑娘，却是我的表妹子。"梅宝的脸上，也飞上了两朵红云，低唤一声："表哥。"就垂下头去。湘绮微笑着向少华道："好侄子，这是你的初出茅庐第一功。要不是你，我怎么能在十多年后，千余里外，见到我的丈夫和女儿？少华，我一辈子感激你！"少华好生得意，忙道："姑妈言重了。"当下裕华夫妇对湘绮母女着实安慰了一番，就兴辞而出。湘绮送到门外，宝生趁此向她报告小客栈中的事，说所付的钱，还多下五十多元，已一起给了老板，所有东西，也遵命送与韩家父女了，他们说明天要来探望叩谢呢。说完，递过一张账单和收条来，湘绮见一切都已办好，心中也略略安定。

可是湘绮的安定是短暂得很的。这一夜秋海棠转侧呻吟，再也不能安睡，内病与外伤把他煎迫着，热度已达到了一百〇五度以上，烧得两颊通红，全身如炙，昏昏沉沉地老是说胡话，不是唤"湘绮"，便是唤"梅宝"，并且骂"袁宝藩"，骂"季兆雄"，求赵玉昆二哥来救他。湘绮见他这样，急得什么似的，金医生来了好几次，打针灌药水，又雇了个特别看护来，通夜守在床边。湘绮和梅宝紧张了一天，疲乏极了，在床上轮流的靠靠，但她们哪里睡得着，只在默默地求神念佛，给秋海棠祝福。

第二天一清早，太阳还照在秋海棠病房窗外的那株垂柳的梢上，没有下来，老韩却带着他的女儿赶来了。湘绮为了秋海棠的病势凶险，正在忧急万分，哪有心绪见客，只因人家一片至诚，不得不出去敷衍一下，同他们父女俩到客室中坐定，先谢了他们劳驾探望的盛意。老韩为了昨天送给他许多衣物，再三道谢，但有些零星东西如湘绮的照片之类，却打了个小包裹，带来奉还，湘绮当然收了下来。老韩知道秋海棠病重不能见他，连韩姑娘要见梅宝也不能见到，喝了一口茶，就告辞走了。不多一会儿，裕华父子也匆匆赶到，湘绮因为是至亲，便领他们到病房中来瞧秋海棠。一股浓重的药水气息，直冲鼻观，特别看护已下班去休息，梅宝因为一夜没睡，倒在秋海棠脚边睡熟了。

"哥哥，您瞧他老是这样昏迷，如何是好！"湘绮眼泪汪汪地，低声对裕华说："昨夜他的热度超过了一百〇五度，全身都在发烧，口中不断地说着胡话，好不怕人！我曾再三地恳求金大夫，务必尽力救治，不要替我吝惜医药费，可是针药施下去，也没有多大效用，今天

一 九死一生 23

早上量过热度，只低了一度左右，神志仍然不清，哪得不使人忧急呢？"

　　裕华今天是第一次见到秋海棠，就瞧见了那右颊上的十字伤瘢，他为了同情于他们俩的遭际之故，倒也并不觉得怎样丑恶，当下他安慰湘绮道："妹妹，这是性急不来的，病症上身容易脱身难，何况他又受了外伤，我们自管尽我们的力，给他救治，自会慢慢儿地好起来，今天热度既已降低了一度，就是好现象，妹妹，您宽心些吧。"湘绮含泪点头。

　　一连三天，秋海棠被困于生和死的边界，热度倏升倏降，神志忽迷忽清，脉搏若断若续，三天的针药施下去，仍然打不退那可怕的病魔。虽有看护日夜伺候，而湘绮仍是衣不解带，厮守在秋海棠身边。肚子饿了，见了东西都吃不下去，只是短短的三天工夫，已使她瘦比黄花，清减了不少。一种莫名的恐怖，过度的忧急，兀自在啃啮她的心。梅宝这孩子呢，出乎意外地遇到了自己生身之母，本来是应该出乎意外的快乐一下的，叵耐来了一个十多年从未梦见的妈，倒像要去掉一个十多年一向依恋的爸，害得她小小的心灵，不知是喜是悲，是甜是苦？只索学着妈的模样，妈不吃，她也不吃，妈不睡，她也不睡，往往是流泪眼看流泪眼，做了个楚囚对泣。少华虽跟着他的父母来过两次，带些花啊糖啊来送给她，也丝毫提不起她的兴致。料知她爸爸要是有什么三长两短，她和妈将沉浸于泪海之中，也许会演出莫大的悲剧来。

到第五天上，秋海棠仍似凶多吉少，湘绮的忧急已达到了顶点，她在无可奈何中，除了出外去求神问卜外，老是哀求金医生设法。裕华来时，她又流着泪说道："哥哥，您是知道的，我们这一对患难夫妻，吃尽了千辛万苦，走过了万水千山，好容易在这里遇到了，打算一辈子地厮守下去，要是遭了天忌，竟硬生生地再把他劫夺了去，那么我也不要活了！"说到这里，抽抽咽咽地泣不成声。

裕华为了表示他十二分的关切起见，又特地去会见金医生："大夫，这一回事要多多地费您心了。不瞒您说，舍妹跟妹婿是经历了一番患难过来的，彼此失散了十多年，好容易在这里骨肉重逢，料不到又出了岔子，现在舍妹婿的性命交托在您手中，您救活了他，也就救活了舍妹，以后合家感恩，永远地忘不了您。"

金医生听他说得如此恳切，感觉到自己责任的重大，不由得搔了搔头皮，郑重地说道："医生救人，原是应尽的责任，我们唯有尽其所能，以报答病家付托之重。不过令亲在内病外伤双重威胁之下，几天来局势非常严重，总要希望他热度逐渐低降下去，才能脱离险境，现在还没有什么把握。也罢，待我去请我的老师德国名医葛礼先生来，看他有没有办法。"

"那再好没有，凡是人力所做得到的事情，务请尽力做去，一切医药费用，由小弟完全负责，等会儿先送一些钱来。"裕华掏出名刺交与金医生，上面有他的住址和办公所在，表示切实负责之意。

这一天黄昏时候，繁星满天，拱着一轮明月，照得病房里亮晶晶的，葛礼医生终于像救星般降临了。他那仔细的诊察，郑重的处方，乐观的态度，使湘绮起了绝大的信心，等于基督徒信仰耶稣基督一样，她相信秋海棠是得救了。葛医生在中国居留已久，是个中国通，临走时，他操着一口流利的国语，对湘绮说："太太，病人的病势虽严重，但并非绝望，且慢慢儿地来，慢慢儿地来。"

　　说也奇怪，葛医生的药，似是神药，葛医生的针，似是神针，这一夜秋海棠先就安定了一些，居然能够断断续续地小睡片刻了。第二天清早，金医生亲自来量热度，竟降下了三度，湘绮的忧急，也减去了一半，因为好几天寝食不安，这天也趁着秋海棠熟睡的当儿，休息了好一会儿，梅宝眼见得局势好转，自也放下了心。

　　葛医生受了金医生的重托，一天来诊两次，使秋海棠的高热度渐渐减退，胡话早已不说，增多了安睡的时间，每天也能吃一些橘汁和菜汤了。

　　一个奇迹！这是一个奇迹！九死一生的秋海棠，终于仗着葛礼医生的回春妙手，从死神的魔手下逃了回来。

二　血与血交流

"您这样日夜地为着我忙，又日夜地为着我担忧，实在太累了，快歇歇吧。"秋海棠眼瞧着罗湘绮忙忙碌碌地周旋于病榻之旁，又感激又怜惜似的这样说。

湘绮正在一个小玻璃杯里挤好了半只橘子的汁，拿过来给秋海棠喝，一面带着笑说道："我一些儿也不累，只要您的病快快地好，身体快快地硬朗起来，那么我就安心了。"

秋海棠缓缓地喝下了橘汁，握住了湘绮的手说："这一回要是没有您，我这条命准是活不成的了，不过太难为了您！"

"这是我的分内事，您说这样的话，倒显得太生分了。"湘绮忙不迭地说。

一阵子皮鞋橐橐之声，打断了他们俩的话头，葛礼医生已走了进来，诊过脉量过热度之后，不由得把眉头皱了起来。"病人的身体实在太差了，肺部有病不算，因跳楼而得的外伤不算，又害着贫血病，加以两膝盖的伤口当初出血太多，所以生命的危险虽已过去，而陷于极度虚弱的地位。他的伤口不容易收，热度也不容易退尽，太太，据我瞧来，非接血不可。"葛医生踅出了病房，趁湘绮送出来的当儿，就这样悄悄地对湘绮说。

这好几天来，湘绮早把葛礼医生瞧作法力无边的仙人一样，葛医生的话，等于金科玉律，没有不依从的。当下她就透着非常恳切的神情答道："大夫，这一回全仗大力，使我丈夫保全了性命，我们一家子都感激万分！您老人家说应该接血，那就赶快接血，一切都请您做主好了。"

梅宝是跟着她母亲，往往寸步不离的，听了接血的话，莫名其妙，就抢着问："大夫，怎么叫作接血？"

葛礼医生搓着双手，很有兴趣似的回说："病人的血不够，身体虚弱，一时不易复原，单靠针药也没有用，那就要借健康的人的血来输送到他的身体里去。"

"健康的人的血！大夫，您瞧，我这人不是够健康了么？"梅宝很天真地拍了拍胸脯，双手握拳，又把两条臂膀左右开弓似的伸了一伸，接着问道："请您老人家就把我的血接给爸爸，好不好？"两眼停注在葛礼医生皱纹纵横好像地图上河道一般的脸上，似乎立刻要他答允下来。

湘绮的眼光向梅宝身上扫了一下，不等葛医生开口，抢先说道："这是我的事情，你是小孩子，不够格的。"

"妈，您不知道，孩儿早已成了人，怎么说是小孩子？怎么说是不够格？"梅宝红着脸，向她母亲提出了抗议。

"就是成了人，然而还有我在着，也轮不到你。我和你爸爸交好了十多年，真有说不出的相亲相爱，所以只有我的血，才配输送到他的身体里去。"湘绮说时，脸上透着微笑，眼睛望着窗外，掠过了丝丝垂柳，凝注在远远的空间，当年粮米街上双宿双飞甜甜蜜蜜的情景，又在心头眼底活跃着。心想那时既已把灵肉都贡献给了他，现在自该再来一次血的贡献，使血与血交流起来。

梅宝敬爱这位隔离了十多年才结合了十多天的母亲，也正与敬爱她那同经患难息息相依的父亲一样，要是为了别的事情，她没有不退让的。可是她在北方念书的时光，早听惯了那些二十四孝等民间故事，她的小心眼里以为把自己的血送给爸爸，是表示孝道的一个绝好机会，所以对她母亲竟毫不客气的不肯相让，因又像在初中登台演讲一般，侃侃地说道："妈，您要明白，孩儿既是爸和妈亲生的孩子，我的小身体里一半儿是妈的血，一半儿却是爸的血，如今把我的血接给爸爸，准是再合适也没有，并且因为有妈的血的一半儿成分在内，那就跟妈自己来接血差不了多少。"

湘绮听梅宝这一番话，似乎很有理由，一时倒想不出驳回的话来，而葛礼医生呢，是一位犹有童心的老年人，瞧她们母女俩为了接血问题，唇枪舌剑在争辩着，觉得好玩得很，因此有意的袖手旁观，不插一句话，老是捋着一部白须子，点头微笑。梅宝以为自己已有了胜利的希望，便又得意忘形地继续说下去：

"妈，况且孩儿从前在念书的时候，曾听得老师们讲过许多孝子、孝女的故事，他们为了爸和妈，竭尽孝道，爸和妈病重，大夫没法医治时，往往有在背地里割了自己臂上的肉，煎汤给爸妈服下的。孩儿自愿把血接给爸爸，也正和这回事有些相像，求妈妈成全了孩儿的一片孝心吧。"

"梅宝，割臂肉的一回事，叫作割股，这倒不一定是孝子、孝女做的。我小时节，亲戚中有位周妈妈，因她丈夫害了鼓胀，病势危险万分，大夫已经回绝，她急得什么似的，就在半夜里焚香求天，偷偷地用剪刀剪下了一块臂肉，煎了汤给她丈夫服下，居然延长了一年多的寿命。但我以为这回事全是迷信神权，并不赞成，因你以为这是子女们的事，所以提出来说一说，做子女的可以为了父母割股，做妻的也可以为丈夫割股。至于接血的事，我自问身体比你健康，还是让我来的好。"

梅宝忙不迭地跪倒在她母亲膝前，仰着头，眼泪汪汪地哀求着道:"妈,孩儿不敢再和妈冲撞了,只求妈成全了孩儿,只此一遭,下不为例。"

湘绮对于梅宝的一片孝心,十分感动,脸上透着很为难的神情,把她从地上拉了起来,搂在怀中,一面很恳切地瞧着葛礼医生,希望他老人家帮自己说一句话,打开这个相持不下的僵局。

老医生摩搓着两只雪白而皱纹叠叠的手,兴奋地说:"好!好!一个是贤妻,一个是孝女,娘儿俩都好。不过接血这回事,不关情感而有关生理,凭你是贤妻孝女的血,接上去未必合用,而街上一个肮脏的苦力,和病人非亲非故,他的血倒也许是合用的。"说时,从一堆白胡子里喷出笑来。

湘绮和梅宝呆瞧着老医生,一时摸不着头脑,梅宝好奇心切,忙问道:"大夫,这……这是什么意思?亲骨肉却不及一个陌生人。"

"小姐,要知我们的血虽然一样都是红色的,而血中所含的蛋白质,却也许不同,分起类来,共有四类,我们医学家对于这每一类称为血型,一是 A 型,二是 B 型,三是 O 型,四是 AB 型。受血的人和给血的人,血型必须相合，方始可以接血，亲骨肉跟陌生人都是如此，并没分别。譬如O型的，必须用O型来接，接了别一型的不但无效，反而有害。A型跟B型的，除了A型跟B型可接外，O型也可以接，唯有AB型的最为随便，任你的血是什么型，都可以接的。现在第一步先要验你爸爸的血属于哪一型，再验你们娘儿俩的血型是不是和他相合，要是血型都不合，那么岂不是白费唇舌白争执么？"

"大夫，我相信我的血型，准会跟我丈夫的血型相合的。"湘绮还是抱着彼此心心相印的见解，以为血与血也会同型的。

梅宝接口道："大夫，我相信我跟爸爸的血，一定是属于同一个型的。"

葛礼医生答道："你们俩不要过于自信，也许一个都不合，就要失望了。"

"我希望爸爸的血迁就一些，属于ＡＢ型，那么任我是什么血型，都可以接。"梅宝换了软化的口气，一面又衰求似的向着湘绮："妈，请您给我一个优先权，等大夫验过了爸爸的血，先就验孩儿的血，万一真的不合，再验妈的，好不好？妈，可怜见我，答允了吧！"

湘绮瞧梅宝的模样儿怪可怜见的，触动了慈母心肠，不忍坚持下去，就柔声说道："好孩子，便宜了你，准让你先验吧。不过血型合不合，那要看你的造化了。"

"天可怜见我们娘儿俩的一片诚心诚意，即使孩儿的血不合，好在还有妈在着，难道定要把一个陌生人的血硬装在爸爸的身体里不成？"

梅宝的口气，还是充满着希望。葛礼医生被她的诚心诚意所感动，很温和地说道："好，我们且来试一试，小姐，我给你祝福，祝你如愿。"

这一天午后，老医生就忙着抽血、验血的手续。梅宝的心老是在霍霍地跳动，正像当年在暑假、年假前大考后等待发表名次时一般紧张，当年是希望功课合格，高中第一名；此刻是希望血型合格，得以向亲爱的爸爸尽一些孝道。湘绮也是同样紧张地期待着，她希望娘儿俩的血型，总有一个是合用的。

谁知验血的结果，秋海棠的血是 O 型，而湘绮和梅宝都是 A 型，娘儿俩竟双双落选，一个都不合用，坐在客室中，面面相觑。

梅宝失望已极，哭丧着脸向老医生道："大夫，这是老天爷和我们过不去，有意作弄我们，怎么我的血不合用，妈的血也会不合用的。但是要陌生人的血，从哪里去要呢？"

湘绮忙道："真的，我们从哪里去弄陌生人的血呢？"

"太太，这倒不用担心，我们可以出钱去买，自有一批穷苦的人，来向医院中做这买卖的。我们可以抽他们的血来逐一查验，病人的血既是属于 O 型的，那么只要找到 O 型的血，就可买来应用了。"葛礼医生这样地解释。

"大夫，穷苦的人，平日间没好东西吃，怎么会有好的血？"梅宝孩子气地问着，引得老医生笑了起来：

"小姐，这倒没有多大关系，穷人的血不一定不好，而富人的血不一定好。我们所需要的，是一个血型与病人相合的健康人的血。常吃青菜豆腐的穷人，倒也许比了常吃肥鱼大肉的富人来得健康呢。所以我们对于那卖血的人，第一注意他身体是不是健康，有没有传染病，然后看他的血型是不是与病人相合，要是这三个条件全都合格，那就可以利用他的血了。"

湘绮也因打破了她血与血交流的愿望，正在沮丧的情绪中，听了葛医生的话，就没精打采地问道："那么要用多少血呢？大夫，我以为把许多陌生人的血接在自己身体里，替病人想想，总觉得有些儿不自在的。"

葛医生忙道："没有这回事，这也等于打针注射些药水在内一样。需用的血，大约二百CC到三百CC，不能太多，至于买血的代价，几百块钱也就够了。"

"倒不是钱的问题，任是几千块钱也愿意出，只要使我丈夫快快复原，任何代价都是值得的。大夫，不过我要请教，那给血的人身体里少去了这二百CC到三百CC的血，有没有妨碍？"湘绮紧接着问。

葛医生摇着头答道："太太，一个健康的身体中，少去了这一些儿血，是没有什么妨害的。"

"那么请大夫且慢收买别人的血，容我向亲戚们去商量一下，也许……"湘绮正说到这里，猛听得门外起了一阵急促的脚步声，紧接上一声"姑妈"，比脚步声更为响朗。

湘绮抬眼向门口望时，罗少华已三脚两步走了进来，接着说："姑妈，三天不来，姑丈怎么样？热已退尽了没有？"说时，一面向梅宝叫了声"表妹"，一面又向葛礼医生打了个招呼。

梅宝笑吟吟地向着少华道："表哥，你真的已有三天不来了，可有什么贵忙？"

"怎么叫作'贵忙'？实在是'苦忙'，忙着赶暑假大考，三天前来时，虽早已开考，倒还容易对付，这三天却紧张了，除了上考之外，又须忙着预备，简直抽不出工夫来，爸和妈又为了有些事情，一同上杭州去了，唤我来通知姑妈一声，大约三四天后就须回来。今天午后，大考结束，因此急急地赶来了。姑丈究竟怎么样？我真的惦记得很！"少华一口气说着，一面把手帕子，抹着额上的汗，一面扇动着一顶巴拿马软草帽，当扇子用，梅宝见了，忙把自己手中的一柄团扇递给少华，随手把他的草帽接了过去。

湘绮微微地皱着眉，对少华说道："你姑丈的热度虽已退了一些，可是总不容易退尽，膝盖上的伤口也不曾收好。据大夫说，他的身体实在太虚弱了，既已贫血，并且为了失血过多，现在非接血不可。"

"很好，很好，我们在学校中读生理学时，老师曾讲起过接血是一件很好的事情。但不知道有没有找到血型跟姑丈相合的人？"少华忙着问。

湘绮正待作答，梅宝却抢先说道："我本来想充一充孝女，向妈抢得了优先权，请大夫先验爸跟我的血，谁知爸的血是 O 型，而我的偏偏是 A 型，不能合用，使我懊丧得什么似的！再验妈的血时，恰恰跟我同型，也和爸的不合，委实是太不凑巧了。"

"刚才大夫正在说起，医院自有穷苦的人来卖血的，我觉得弄一个陌生人的血接在你姑丈的身体中，似乎不大好，所以正在踌躇……"湘绮紧接着说。

少华立时站到葛礼医生跟前，挺一挺胸，说道："大夫，您瞧我的身体怎么样？够得上健康的程度么？学校里足球队，我是老充着前锋的；八百八十码赛跑，不是第一名定是第二名，从没有落到第三名的。要是验了我的血也是 O 型的话，那么请您老人家就把来接给姑丈好了。"

老医生点点头道："好，准这么办。"说时，热烈地伸出手来，和少华握了一握。

梅宝脸色霍地一亮，她心眼中可亲可爱的表哥，这时已变了一位英雄肝胆侠士心肠的大人物，像一尊巍巍铜像般站立在那里，恨不得赶上去拥抱他一下，表示她的一片敬爱之忱。

湘绮却故意慢吞吞地说道："少华，难得你有这样的好心，不过你身体里要损失好一些血，也许有碍你的健康，要不要写封信去问一问你的爸和妈？"

"姑妈说哪里话来！别说像我这样一个健康的青年，少去一些血毫没妨害，即使有妨害而可以使姑丈早日复原，我也一百二十个愿意的。姑妈，您难道吝惜那几个买血的钱么？瞧这一门子亲戚份上，让侄儿发一笔小财好不好？"少华插科打诨地说了这几句话，逗得湘绮娘儿俩和葛礼医生都笑了。

梅宝笑着凑趣道："表哥，你且慢得意，这回子能不能发小财，要瞧你的血型争气不争气。但我预先在这里给你祝福。祝你吃鸭蛋！"

"怎么祝我吃鸭蛋，我们学校里考试时，吃鸭蛋是吃0分的代名词，实在是不吉利的。表妹，这个你不是在给我捣蛋么？"

梅宝狡狯似的笑道："不是我捣蛋，还是要你吃鸭蛋！"说着，擎起右手来，把拇指和食指做了个椭圆形的圈儿："你瞧，爸爸的血是 O 型，你的血型也要是 O 才对。表哥，这个 O 字，不是活像一个鸭蛋么？"

少华也笑了起来道："不错，我倒忘了，一定要 O 字的血型才对，这鸭蛋是非吃不可的。"

湘绮插口道："你们俩不要鸭蛋、鸡蛋的尽着闹下去了。少华，你跟大夫验血去要紧！"少华答应着，就跟葛礼医生上化验室去，娘儿俩也满怀着希望，跟同前去。

罗少华终于应了梅宝"吃鸭蛋"的预祝，获得期望中的胜利了。他的血型恰恰与秋海棠一样，同是 O 型，于是葛礼医生就与少华约定明天早上，再到医院里来，施行接血的手术。

好奇的梅宝，又向老医生发问道："大夫，接血是怎样接法的？"

"有两种接法：一种是直接的；一种是间接的。凡是买来的血，只需抽了那二百 CC 至三百 CC 的血，放在玻璃的家伙里，加一些枸橼酸钠在内，防止血的凝结，然后用注射针吸了血，照静脉注射法注射到病人的静脉血管里去。不过注射的当儿，要慢慢地来，要是太快了，那么病人身体中忽然加进了这些血，血压也会增高起来，怕要引起什么意外的事情。至于直接的接法，那就很简单，只要把那输血的家伙一头插进给血的人的静脉血管，一头插进病人的静脉血管接过去好了。"葛医生讲得很详细，使梅宝他们都听得津津有味。

少华忙道："大夫，我要求您给我使用直接的接法，那时眼瞧我自己鲜红的血，慢慢地流到姑丈的血管里去，这是多么兴奋的事！"

"使得使得，这年头儿，什么都讲节约，让我省一些枸橼酸钠，也是好的。"葛札医生说着，微微一笑。

少华好似在足球比赛、赛跑比赛中获得了锦标，欢天喜地的回去了。葛礼医生为了明天施行接血手术的事，和金医生接洽了一下，也就走了。湘绮和梅宝见这血型问题已经圆满解决，也心安意得地过了一夜。

三三两两的小麻雀，在一树垂柳的柳丝中间开始跳着叫着的时候，娘儿俩早已醒了。一骨碌起了床，见秋海棠还睡得很香，就蹑手蹑脚地踅了出去，匆匆梳洗完毕，又吃了一些东西，就等候着少华到来，一面又盼望葛礼医生不要迟到。

少华年少好胜，血气方刚，那些"牺牲"啊"流血"啊的口头禅，平日间原是喊惯了的，对于这多少带些牺牲性质而又很有意义的流血，自然情情愿愿地要干一下，何况还有他姑妈和表妹两重关系在内，尤其是千肯万肯的了。所以他不劳娘儿俩久待，早就兴兴头头地赶到医院里来，不多一会儿，葛礼医生也提着一只大皮包报到了。

梅宝的好奇心，对于任何事情都是不肯放松的，她趁着老医生在穿上白衣的当儿，就用试探的口气，悄悄地问道："大夫，您在施行接血手术时，可能容许别人在旁参观么？"

"别的人不能看，你跟你的妈俩要看时，那倒使得，因为这并不是大手术，看看不妨事。要是施行大手术时，那么任是病人的家属也不许看的。"

"谢谢大夫，我要看，妈也要看。"梅宝微笑着说，又回头问湘绮道，"妈，是不是？"湘绮点了点头。

葛医生忙道："小姐，你看虽可以看，可是不许说话，免得使我们分心。"

"大夫，我知道，到那时，我准定做哑巴不开口就是了。"

十五分钟后，一切都已准备定妥，秋海棠已被移到了手术室中，高高地躺着。葛医生，金医生，两个女看护，都是白衣白帽白手套，连嘴上也都用白口罩罩了起来。少华已被葛医生带了进来，一颗心不知怎的，老是一突一突的，在那里跳动。湘绮和梅宝站在一个最远的壁角里，两颗心也像两个拨浪鼓儿似的，跳个不住。

四下里鸦雀无声，空气严肃而紧张，各人呼吸的声音，似乎都可以听得。不多一会儿，已到了施行手术的时间，才听得两位医生动用家伙的声音，但也是极轻极轻的。

梅宝怀着好奇、关切、怜惜、敬爱种种的情绪，目不转睛地看着，简直一些儿都不肯让它溜过去，不过对于她表哥一方面，却看得分外的仔细，分外的清楚。她看见表哥像一位力士一般，勇敢地露出一条又粗又结实的臂膀来，脸上和口角挂着一丝笑容，却并没有半些畏缩的神情。她看见那位老大夫把一块白棉花蘸了药水，在表哥臂膀上一个所在擦了几下，随将一个银色的针头突的刺了进去；她看见表哥的臂膀竟一动都不动，连眉头也一皱都不皱，真像一位大无畏精神的英雄；她看见表哥抬起了头，透着满不在乎的神气，倒像不在抽去他的血；她看见表哥掷过眼来看自己了，在得意地对自己笑了；她看见表哥的臂膀垂下了，袖管已捋下了；她看见表哥……她看见表哥满面春风地走到了自己的跟前。

"表哥，谢谢你，你的健康的血，救了我可怜的爸爸！"梅宝水汪汪的眼睛里，满含着感激之泪，注在少华的脸上，更觉得水汪汪了。

"不，表妹，我要感谢姑丈的成全，使我做了一件有生以来最有意义的工作。"少华慨当以慷地说。

三 西子湖畔

　　杭州的西湖，是象征着淡妆浓抹总相宜的西子的，这时节是艳阳天气，西子正浓抹着，那一丛丛一堆堆的花花草草，给西子换上了一身姹紫嫣红的新装，瞧上去真是娇滴滴越显红白，逗引得许多踏青拾翠的嬉春士女，都投到她的怀抱里去。瞧啊！在六桥三竺之间，乱拂着一条条的鞭丝，遍翻着一簇簇的帽影，满印着一只只的屐痕，还加上一艘艘载有游客的划子，像水鸭子般三三

　　　　　　　　新秋海棠

两两浮满在湖面，这些都是受了春的感召，而欣赏西子的浓妆来的。

红灼灼的碧桃，绿沉沉的杨柳，簇拥着葛岭上头那座初阳台，春色布满在台上，它也满面春风的，遥对着宝石山上那座美人型的保俶塔，似乎挤眉弄眼地在调情。四下里一片碧绿的野草、野竹、野树中间，常有那一朵朵紫色的野紫罗兰，探出头来似乎在娇媚地笑，而一群群的狂蜂浪蝶，也尽着在山坡上无数的映山红中间穿来穿去找花粉，黄莺儿不知道躲在哪里，嘤嘤地此唱彼和，似乎是唱的嬉春之曲，古人诗中有"春色满园关不住"那句话，这儿是山，这样的春色满山，自然益发关不住了。

那时是在午后三点钟光景，明媚的阳光，洒满了一山，一切的一切，都显得分外的活泼泼地。蓦然之间，从好几株杂乱的碧桃树中间，有一个粉红色的苗条的身影，像穿花蛱蝶似的闪了出来，原来是一位穿着粉红绸春衫的十七八岁的姑娘，两手中捉住了两只红点黑翅膀的大蝴蝶，向着初阳台好几十级的石步子上直跑上去，一边跑，一边嚷道："妈妈，妈妈，您瞧！我捉住了两个挺大的蝴蝶，一个梁山伯，一个祝英台。"她兴奋得什么似的，脚上那双平跟的皮鞋，把石步子踏得橐橐地响。

当下上面就有人放声喊道："梅宝，什么事值得大惊小怪的？你小心些儿，没的踏空了步子，一个倒栽葱摔下山去，可不是玩！"

罗湘绮和秋海棠正坐在初阳台上一块大平石上面，给那四下里一片阳春烟景所陶醉了。这时近旁并没有别的游客，两人脉脉无言地兀自贪看好景，静悄中猛听得梅宝的叫喊声和那一阵子急促的脚步声，湘绮就这样警告着。可是旋过头去，却见梅宝早已跑了上来，献宝似的将那一对大蝴蝶直献到他们俩的面前。

"爸，妈，您瞧，这一对儿，可不是梁山伯跟祝英台么？"梅宝笑吟吟地说。

湘绮瞧着那两只大蝴蝶，问道："你怎么知道的？"

"我在一枝碧桃花上瞧到它们，正黏在一起。您瞧，全身都是黑的，翅膀的边上有着红夹白的小圆点儿，瞧上去身子虽差不多，可是一只大一些，一只却小一些，分明是一雌一雄。我先前曾听得人家说过：这种成双作对的黑色大蝴蝶，就是梁山伯跟祝英台，是一对好夫妻的化身。"

秋海棠笑逐颜开地说道:"孩子,多亏你倒这般在行,但你老是把它们捉住在手里,待怎么办呢?"

梅宝皱着眉答道:"爸,我正在没做理会处。从前在学校里念书的时候,捉到了蝴蝶、蜻蜓跟各种昆虫,那位教动物学的老师总得唤我们做标本,用一枝枝的小别针拴住在硬纸板上,撒些儿樟脑粉防它们腐烂,倒也怪好玩的。但我今天捉到了这好一对儿蝴蝶夫妻,却不忍心下这毒手。妈!您瞧我该怎么办?"

"你该放了它们,让它们仍自由自在地飞到花间去。"

"那又有些儿舍不得,我好容易把它们捉住了,总得让我玩一会儿,玩腻了放走它们也不迟。我想用一根红丝线把它们俩系在一起,您瞧好不好?妈,您有红丝线没有?"

"我哪里有什么红丝线,你还是回到我们庄子里向王妈商量去。"

梅宝一叠连声地嚷着:"对!对!对!"就旋过身去,擎着那两只大蝴蝶,泼风似的跑下石步子去了。

湘绮目送着梅宝的背影，在石步子上隐去了后，就回过脸来向秋海棠说道："您瞧，十八岁的女孩子，早出嫁的怕已做了妈妈了，她却还是这般孩子气。"

"这也难怪，她是我们俩的亲骨血，十多年来我只仗着她在我跟前，作为您的唯一纪念品，所以穷虽穷，却把她娇养惯了。"

"这孩子倒也怪会凑趣的，说什么'梁山伯、祝英台是一对好夫妻的化身'啊，'好一对儿蝴蝶夫妻'啊，似乎有意在打趣我们。"湘绮说时，脸上止不住透出笑来。

秋海棠忙道："梁山伯、祝英台，我在北方时曾听人提起过这两个名字，却不知底细，这是南方的一段故事，您总该知道吧。"

"是的，我知道，但是这个也不过像牛郎织女似的，是一种神话罢了。据说在晋朝的时候，有一位上虞的姑娘名唤祝英台，扮作了男子，到宜兴善卷洞前的碧鲜庵去探亲，遇见了梁山伯，十分投契，就在庵里一同念书。经过了三年，梁山伯并没知道祝英台是女儿身，后来祝英台回上虞去了。梁山伯又在庵里耽了两年，只为念旧情深，特地赶到上虞去访问，才知道他的好友实是女子而并非男子。这一喜非同小可，好在自己还没有成家，就立刻挽人前去求婚。……"

秋海棠听到这里，很为高兴，忙着插口道："那再好没有，有情人是合该成为眷属的。"

"然而迟了！太迟了！祝英台早由父母之命许配了鄮城马公子，而梁山伯的求婚，她也并没有知道，正在准备嫁衣裳，快要出阁了。梁山伯见好事不成，心中郁郁不乐，日思夜想的忘不了祝英台，终于为情而死。临终遗言，定须葬在鄮城的西清道上，以为死而有灵，将来仍可接近他的爱人。……"湘绮说着，顿了一顿，一时感情冲动，眼角边亮晶晶地浮起了两颗泪珠，却被那长长的睫毛挡住了，没有掉下来。

"可怜可怜！'多情自古空余恨'，梁山伯就这样的死了么？"秋海棠的声音，也带着哽咽。

湘绮咽下了一口涎水，继续说道："一年以后，祝英台出阁了，花轿经过西清道时，蓦地一阵大雷雨，再也不能前进，祝英台从轿中瞥见了路旁一座新坟上的石碑，明明刻着'梁山伯'的名字，她悲哀得什么似的，于是走出了轿门，赶到坟前去，号啕大哭，不料轰的一声，那坟忽然开裂了，她摇身一变，变作了一只大蝴蝶，飞进坟去，从此就永永的和梁山伯厮守在一起了。您瞧，这不是神话是什么？"

"不管它是神话不是神话，像他们俩的一往情深，倒也很可使人感动的。后来梁山伯也就跟着祝英台变作了蝴蝶么？"

"大家有这么一种传说，见了那一对黑色的大蝴蝶，总叫它们梁山伯、祝英台。"

"唔！怪不得唐朝人的诗中，有'一双蝴蝶可怜虫'那句诗了。"秋海棠沉吟地说。

湘绮遥望着那座玉立亭亭的保俶塔，好像在想什么，一会儿回过眼来，很亲切地瞧着秋海棠说道："我们俩的事情，虽和梁山伯、祝英台不同，但是有一点，我也像祝英台一样，愿意跟所爱的人死在一起。所以当您在医院里病势危急的时候，我已暗暗地定下决心：您要是不救而死，那么我也跟着您一起死，定要照着'生同罗帐死同坟'那句话做去，决不独个儿活在世上。"

"多谢您这一片天高地厚的情意，真是皇天不负苦心人，终于救活了我。又亏得少华那孩子，挺义气的，一连接给了我三次血；而裕华夫妇俩对我又那么关切，把我送到这儿庄子里来，您们罗家一家子，实在待我太好了，叫我这姓吴的如何消受得起？"秋海棠感激涕零地说着。

湘绮正色道："我们两家早就好像是一家了，您怎么老是姓吴的姓罗的分得这般清楚。况且我在十多年前已是您的人，到了现在，难道把我撵回娘家去仍然姓罗不成？"

"没有这回事！没有这回事！我只为心中太过意不去了，也许说得过头了一些，照事实上说，您们不但为我担了不少的心事，并且也花了不少的钱。"

"心事是早已担过了，现在正是大家合该快乐的时候，过去的一切，只当跟着那些死去了的恶人，全个儿埋葬在地下了，不要再去想它，提起它。至于所花的钱，全是我个人的钱，凡是哥哥所垫出的，都已算还，我的钱就是您的钱，难道还要分什么彼此么？"湘绮侃侃说来，说得分外的恳切。

秋海棠一脸子透着尴尬的神气，沉吟不语，心坎里被"感激"两字十足地填满了。

湘绮微微地叹了一口气道："唉！我至今还是不明白，您当初到底安着什么心眼儿，老是躲躲闪闪的不肯跟我见面？先前障碍重重，我既不能自由，您又不便出面，那也难怪；但是后来障碍没有了，我也恢复自由了，您为什么把自己藏了起来？累我找得您好苦，还是找不着，把十多年好好的青春，白白地耽误了过去。我虽是牵肠挂肚，惦记着您们爷儿俩，一年年地挨着苦痛，见不到一面，唉！您这人，好忍心啊！"说到这里，眼睫毛一夹，不由得掉下了两颗泪珠儿来。

秋海棠低垂了头，期期艾艾地说道："湘绮，这……这个要请……请您原谅！我这十多年来，不敢和您见面，自有不得已的苦衷，我哪一天不想见您，哪一天不想永远和您厮守在一起，但是……但是……我不能啊！"

湘绮抬眼瞧着秋海棠，诧异地问道："钧，您有什么不得已的苦衷？我们两人之间，难道还有说不明白的事情么？"

"自从在粮米街上结下了孽缘之后，我已害苦了您，后来障碍去除了，您恢复了自由，那是再好没有的事，我怎能为了我自己的幸福，更害苦您一辈子呢？"

湘绮那双似嗔似怨的眼睛，直注到秋海棠的眼睛里，生气似的说道："您……您这满口胡柴，到底在说什么啊？我这副直心肠，委实懂不得您的意思。"

秋海棠索性把他的头抬得高高的，伸起手来，指着他右颊上那个十字形的伤瘢，凄然说道："湘绮，您瞧！您瞧！像我这样三分像人七分像鬼的，还配跟您那么一个花朵儿似的人厮守在一起么？"说着，声音中充满了水分，原来他那泪海中的伏流，忽地起了波动，汩汩地泻到喉咙口来了。

湘绮听了这话，斗地把头一抬，双手捧住了一个膝盖，放出一阵银钟似的笑声来道："呵！呵！呵！钧，您瞧我可也是那般爱小白脸偷小旦的姨太太么？当初我跟您相与了那些日子，却料不到您也和寻常人一般见识。老实说，那时我在北京，因为老头子爱胡闹，常和那些油头粉面的旦角儿搅在一起，他又不避我的，我眼中实在见得太多了。他们因为我是老头子宠着的人，少不得也要在我跟前献献殷勤，凭着我的地位和手腕，尽可抓一把来拣拣，脸蛋子未始没有比您更长得俊的，可是我瞧着他们，从没有动过心。常言道不是冤家不聚头，您多分就是我前世里的冤家吧。我一见了您，我这不容易动的心，竟动了，动了，整个儿地动了！"一股热情，从湘绮的心底里涌起来，像电流般流到了手上，她的一只手，不由自主地把秋海棠搁在石上的一只手紧紧握住了。

"我觉得您的一切，都不同于人家的一切，您虽也是一个旦角儿，却不像是那些一味搔首弄姿的旦角儿，您虽不得已而敷衍着老头子，但是您仍能保持着您自己的身份，保持着您固有的骨气。您的谈吐和举动，简直和高尚的读书人没有什么分别。我自从遇到您之后，虽已一见倾心，但我自己常在警告自己：使不得！使不得！不要害了自己更害别人！然而无论如何，总也压制不了自己，我终于爱上了您了。您且想一想，我的爱您，是不是爱您的脸蛋子？"

"感谢您这样的瞧得起我！人虽不可以貌相，可是立身在社会上，外貌究竟也是很关重要的。像我现在这副鬼样子，走到人家跟前去，人家瞧了，哪得不厌恶呢？"秋海棠疾首痛心似的说着，一边不住地摇头叹息。

"您早就不再上台去扮女人唱戏了，脸蛋子好看不好看，有什么关系？老实说，我瞧着那些油头粉面的旦角儿，无论在台上台下，总是扭扭捏捏的活像娘儿们模样，一些子丈夫气都没有，真叫人瞧不上眼。您说人家瞧了您哪得不厌恶，管他呢，您是我的人，只要我不厌恶就得了。"

秋海棠的手仍在湘绮那只春绵样的手里，他不知不觉地连带的擎起来，在石上春了一下道："您的意思总是好的。不过爱美是人的天性，男女都是一样，这十多年来，除了难得刮刮胡子时不得不照镜子外，简直把镜子恨得牙痒痒地。所以任您怎样的譬解，怎样的劝慰，我戴着这张丑脸做人，总认为莫大的憾事！但瞧我们俩自从上海来到杭州，不论走到哪里，人家老是很纳罕地瞧着我，又瞧着您，他们的心中，一定想到'乌鸦配凤凰'那句老古话咧。"

湘绮瞧这时四下无人，索性把双手捧住了秋海棠的脸，眼瞪瞪地瞧着他右颊上那个深刻的十字形的伤瘢，郑重其事地说道："钧！委实和您说，我瞧着您这十字形的伤瘢，正好像耶稣的信徒，瞧那耶稣殉身的十字架一样的神圣。耶稣是为了爱众人而牺牲，您是为了爱我而牺牲，虽有广义和狭义的分别，但是这牺牲的精神是同样的伟大的。所以我瞧着您这伤瘢，不但不觉得可憎，反觉得可爱，它是我生命史上最可纪念的一页，我愿意永永地把它保留着！"

秋海棠把他的脸从湘绮手中滑开了，苦笑着道："湘绮，您多读了几年书，才会说出这些书呆子气的话来。您说这是您生命史上最可纪念的一页，然而这个无论在您在我，都是最惨痛的一页，干吗要永永地保留着？要是把它抹去了，让我们忘怀了过去的惨痛，好好地过起新的生活来，岂不更好！"

湘绮似恼非恼地瞅着秋海棠道："你这人老是这样的执拗，谁也劝不醒您。您这番话，说得倒也未始没有理由。算了算了，现在且按下不提，将来回上海去，我陪您上美容院去走遭，看能不能给您设法。据说那儿的大夫本领挺大，能给人修补相貌，不论歪嘴缺唇塌鼻子，全都弄得好，那么要他填满这个伤瘢，也许不难吧。"

秋海棠听了这话，似乎有一线希望的曙光，在眼前晃动着，自己知道此刻多言无益，也就不再说什么了。

他对着湘绮微微一笑，就把眼睛悠悠地滑下了初阳台，跟着葛岭下面好几艘划子上的游客游湖去了。湘绮的一双眼睛，也夫唱妇随似的，忙不迭结伴同行。

这当儿已到了夕阳西下的时候，西湖上的夕阳，一向好像照在雷峰塔上最为美丽，所以这"雷峰夕照"，在西湖十景中是挺有名的。可是自从雷峰塔倒塌以后，那夕阳似乎无依无靠的，无家可归，就懒洋洋地躺在南屏下的湖面上，透着满不高兴的样子，但那一片橙黄之色，倒还可以和金铺子里居为奇货的黄金比一比光彩，彼此差不了多少。

秋海棠眼瞧着湖面上的夕阳，忽然慨叹着说道："唉！一天又容易地过去了。记得去年年底从上海那家疗养院出来，在裕华那里度过了新年，转到这儿的庄子里来，眨眼儿又挨过了三个多月，身体确已硬朗了不少，但是镇日的坐吃，也不是事，总要……"

湘绮立刻打断他的话头道："钧，您顾虑些什么来！大夫说过的，这一年中，您得好好的休养，性急可也没有用。等到您的身子确实是复原了，不怕没有事情做，不但是您，就是我也要找一些事情来做的。至于现在，您不用白操心，只管安心休养好了。"

"我实在太幸福了！想到韩家三口子在上海，不知近况怎么样，爷儿俩多分仍在卖唱吧？他们真是我的患难之交，帮了我不少的忙，将来无论如何，总要设法补报才是。"

"这件事我一直放在心上，不曾忘怀，等我们一有机会，就得去找他们来一块儿干，目前我想常川汇一些钱去，接济他们，再不然，不妨托我哥哥给他谋一个小事情先干起来，免得抛头露面的再去卖唱了。"湘绮忙着安慰他。

"这再好没有，准这么办！韩老头儿是个硬汉子，决不肯白白受我们的钱的，给他找一个比卖唱好些的事情，那他一定愿意去干，明天您就给我写一封信去重托裕华吧。"秋海棠很高兴的这样说。

"好，今儿晚上我就给您写信，明儿早上快信寄去。这几年来，我哥哥的买卖很不错，外面人头也熟，托他找一个小事情，准是不费吹灰之力的。"

秋海棠的心里宽了一宽，他那眼睛的视界也宽了起来，不再耽在南屏送夕阳，却移到北高峰上预备迎新月去了。可是眼光刚向了北，忽又触动了他那善感的心情，想起了当年在北方的好朋友们。

湘绮鉴貌辨色，比了看相的相面先生更为机灵，她一瞧秋海棠的神情，知道又在想心事了，便把臂儿向他身上磕了一下道："钧，你又在想什么心事了。想呀想的，老是想不完的一切！"

秋海棠点点头道："是啊，提起了韩家三口子，我倒又想起我那两位把兄来了。当年在一块儿坐班，一块儿唱戏，整日夜地厮混着，真的如手如足，比了人家亲兄弟更来得好。谁知十多年来时移世变，竟好似隔了一世，死掉的已死掉了，活的也不知飘到哪里去，真所谓风流云散，不堪回首话当年了！"

"干吗咬文嚼字起来，又要引起心中的伤感？大夫说过了的，您再也受不住什么刺激，就是伤感也要不得，我劝您时时刻刻都要向快乐的一方面想。您想，十多年间，您经过了那么性命出入的大风大浪，现在什么都已平安过去了。妻儿俩都厮守在您的身旁，从此安安乐乐地一块儿过活，您还有什么不称意的呢？"湘绮的声音，又温柔，又甜蜜，仿佛把春蚕的丝络住了秋海棠，把蜜糖的汁灌到他的心田里去。

秋海棠瞧了湘绮一眼，得意地笑了，略顿了一顿，才又委婉地说道："湘绮，您知道我这人，不是只顾自己一个人的幸福的，我希望我的好朋友们也像我一般的幸福。最可怜的是大哥刘玉华！他是那么一个直心眼儿的人，先前怎样地照顾着我，帮我的忙，不料抽上了大烟，唱戏又没有唱红，后来流落在上海，吃白面，做叫花，糟得不成样子，叵耐我没能力，救不了他。末了儿为了梅宝跟韩家姑娘在路上被恶少欺侮，他仗义搭救，竟活生生地死在恶少们老拳之下……"秋海棠说到这里，两眼中顿又湿润起来。

湘绮忙道："又来了！又来了！过去的事，让它过去，不用再提。苦坏了您的身子，才不值得。您看，那边天上的一抹晚霞，红赪赪的，像我们梅宝的小脸蛋儿，多么美丽！"说时，举手指着天空，定要秋海棠看，秋海棠也就情不可却地看了一下。

"可是还有二哥赵玉昆咧，对于我恩重如山，我更不能不记挂着他……"

秋海棠的话还没说完，猛听得背后有人直着嗓子，来了个《连营寨》的"叫道头"："三弟啊，孤的好兄弟！"

这一声叫，突如其来，直使秋海棠、罗湘绮俩又惊又喜地从那大平石上跳了起来，不由得同声欢呼道："二哥！您……您……您怎么会到这儿来的？"

赵玉昆并不答白，自管在一旁踏着台步，甩着那大布褂子上两只尺来长的大袖子，颠头簸脑地唱着反西皮道："点点珠泪往下抛，当年桃园结义好，胜似一母共同胞……"又是《连营寨》的几句词儿。

秋海棠假作着恼似的笑道："二哥，我可要恼了，您怎么老是这样顽皮？唱了一辈子的戏，也够您唱腻了，干吗还是三句不离本行？人家正正经经地问您，您就该正正经经地回答人家，到底怎么会到这儿来的？"

"您问我这个么？那容易得很！"赵玉昆指了指北面的天空，"我从北方驾起一片祥云，飘飘荡荡地腾空而来，刚飘到这里十里以外，猛见下方一带紫气腾腾，知道正有有福气的人住在这儿，说起有福气的人不是您们一家三口子是谁？于是跳下云端，打算赶来探望一下，不料恰恰撞见了一位玉女，正在山坡上放蝴蝶，就烦她

三 西子湖畔 63

指引到此。"

"二哥真会开玩笑,这儿哪里来的玉女啊?"湘绮笑问着。

"咯咯咯!远在天边,近在眼前!"玉昆指着后面一大丛矮树。

只听得咯咯咯一片笑声,梅宝早从矮树丛中钻了出来。

"妈,爸,您们该乐了吧!刚才孩儿正在山坡上把那双梁山伯、祝英台剪断了系着的红丝线,向空中放去,冷不防瞥见赵伯伯一边哼着戏词,一边从山路上踅上来。这一下子可把我喜疯了,也来不及跟他老人家说什么话,忙不迭地把他带领到这儿来。"梅宝笑吟吟地瞧瞧赵玉昆,又瞧瞧她的爸和妈。

"孩子,你怎么还会认识赵伯伯?你的记性倒不坏。"秋海棠把右手搭在玉昆肩头,高兴地说。

"孩儿怎么会不认识,当初在学校里被姓高的拐走,亏得赵伯伯设法把我搭救回来,那时我也已是十多岁的人,赵伯伯那副猴儿崽子的模样,就像用烙铁烙在我的心坎上了。"梅宝说着,掩着嘴笑。

"好！你这小油嘴，倒骂起伯伯猴儿崽子来了！"玉昆带着笑，把梅宝一张小腮子轻轻地拧了一下，一面从身上掏出一枝又皱又曲的烟卷儿来，擦上了火用力抽着，一抽就抽去了半枝。

湘绮也瞅着梅宝笑骂道："小孩子家怎么没规没矩的，还不赶快过来给赵伯伯赔个礼！"

"算了算了！您们不要婆婆妈妈的。害得我这肚子里的酒虫快要瘾死了，今儿个好容易找到这里，该打几斤五茄皮来给我喝个痛快，还得把大鱼大肉款待于我。"玉昆做了个鬼脸，把舌尖儿在嘴唇四周舐了一下，双手摩着肚子。

"那还用说么？这是少不了您的。这当儿天色快要黑上来了，我们也该回去了。"秋海棠紧接着说。

玉昆猛可里把秋海棠拦了一拦道："且慢，我们上哪儿去，要是上什么捞什子的医院去，那可不行，记得您那回闹了乱子后，躺在医院里，我跑来瞧您，要抽烟，连火柴都没有一根，休说老酒和大鱼大肉了。"

"二哥，您放心！我们并不上医院去，这回是住在湘绮哥哥的小庄子里，隔壁倒是一座疗养院，吃药打针，全是挺方便的。我来到西湖养病，也已有三个多月了。"
秋海棠向玉昆解释着。

"好，此刻且不用多说，待我喝饱了酒，再来一桩桩，一件件，细说根苗。"玉昆是得意极了，独个儿打头蹚下那几十级石步子去，口头又在哼着西皮道:"论恩爱，说情义，我自当饮。断不可，辜负你，敬爱之心……"

最后的一抹夕阳，照着他们四个人的身影，缓缓地消失在初阳台下。

四　桃花潭水深千尺

沉沉夜。

司时之神，展开了一张挺大的黑包袱，把整个的西子湖包包扎扎地收藏了起来，只见弥天际地，黑魆魆地一片，再也不像是白天那么一个淡妆浓抹总相宜的西子湖了。南北两高峰，虽是倔强地刺破了包袱，突出在外面，但也黑压压的，仿佛是两座煤山；而那美人型的保俶塔，也好像变作了一位尼格鲁种的黑美人了。

要是三五月明之夜，那么西子湖通体亮晶晶的，赛似镀过了银，叵耐今夜偏偏没有月，彭公祠的三潭也无聊地眈在那里，无月可印。平湖秋月，似乎要到了秋天，才打得起精神，可是现在还在春天，有月时也是没精打采的，何况今夜又没有月呢。别说是月，天空中连一颗星也没有，只有沿湖一带的屋子里，疏疏落落的有些儿灯光，代替了星和月。

　　葛岭的山腰里，却有一抹灯光，黑包袱包不住它，分外明亮地照射出来，倒影躺在湖面上，随着湖水一晃一晃地簸动。这灯光的所在地，是叫作"春好庐"的一座小庄子，上面高高矗起一座楼，就叫作"春好楼"，面湖敞开着六扇镂花框子嵌着五色玻璃的长窗，让那楼中心一盏白瓷灯罩里的一百支电光，无遮无碍地直射到楼外去。

　　在这光圈儿下，被那灯光最近所照到的，是中央方桌子旁一个猴儿崽子似的中年男子，搁起了一条右腿，半蹲半坐地占住了一把高背的椅子，在那搁起着的右腿的膝盖上，搁着一只弯成深角度的右臂，右手中正擎着一只红烧鸡腿，放在上面的血盆大口里，在不住地啃；

　　　　　　　　　新秋海棠

左手中把着一只白瓷大茶杯，满满地筛着五茄皮酒，啃一块鸡肉喝一口酒，真像狼吞虎咽一样。

他边啃鸡边喝酒，正忙得不可开交，却还在牙齿缝里低低地哼着戏词道："……我和你，结金兰，胜似个同胞；为贤弟，我不爱，俸金荣耀；为贤弟，我不爱，玉带蟒袍；实指望，我合你，朝夕欢笑；实指望，我合你，春游荒郊，夏赏荷花，秋饮菊酒，冬藏暖阁，谈今论古，共负辛劳。"哼到这里，左手举起酒杯来，仰高了脖子，咽嘟咽嘟地连喝了三大口酒，随即吐了一口气道："啊，赵玉昆，赵玉昆！你今儿个喝得好痛快也！"

桌子的其余三面，正坐着秋海棠、罗湘绮和梅宝，对着满桌子的热盆冷盆，只略略地动动筷。他们的眼光都集中在赵玉昆身上，喜孜孜地瞧着他吃喝，倒像也觉得津津有味似的，他们自己倒不大想吃喝了。

赵玉昆见他们这样，就把那啃去了一大半肉的鸡腿敲着桌子道："咦！你们三口子自己为什么不吃不喝的耽着？老是尽着我一个大吃大喝，要是饱死了我，醉死了我，那我要到阎罗老子跟前去，告你们一状的。"

"二哥，您自管痛痛快快地吃喝，我们今天见您突如其来，委实太高兴了，肚子里装满了一团喜气，几乎连东西也吃不下去。"秋海棠兴奋地说。

"不行不行，我们大家来干一杯！"玉昆说着，就放下鸡腿，先把自己杯子里筛满了五茄皮，一口喝了下去，一面来给秋海棠他们筛酒。

秋海棠和罗湘绮拗不过他，都干了一杯；梅宝不会喝，只喝了一口。玉昆却不依，忙把那杯子凑到梅宝嘴边道："不行，你也得干这一杯！"

"赵伯伯，我不会喝，请您原谅！"梅宝带笑的回着。

"我的好姑娘，你不会喝，也得练起来，将来做新娘子时，人家敬你喜酒，你不能不喝，要是练好了，那就不怕什么。好姑娘，你听赵伯伯的话，准不会错。"

"赵伯伯，您怎么啦！有一搭没一搭地说出这些话来，我喝就是了。"于是梅宝也勉强干了一杯，可是她那两个小腮子上，已渐渐地透出两朵红云来了。

秋海棠因身体关系，不敢多喝酒，玉昆也并不勉强他，湘绮却伴玉昆喝了三杯，已觉微醉，便告饶吃了些饭。他们俩见玉昆酒兴还是很浓，轮流着殷勤劝酒，末了儿壶子已空了几只，菜碗菜碟子也大半向了天，到得玉昆酒醉饭饱，方始散席。

秋海棠瞧着玉昆那张透着醉红的脸，悄悄地说道："二哥，我们兄弟俩要来谈谈体己话儿了。彼此分别了这好些年头，您一向可好？"

玉昆并不答白，只抽着烟卷，嘴里喷出一个个白烟的大圈圈儿小圈圈儿来，一边却慨叹地唱了起来道："一事无成两鬓斑，叹光阴一去不回还，日月轮流常相见，青山绿水挂在面前。……"

秋海棠摇着头道："老是把戏词儿挂在嘴上，真要不得，二哥，您能不能让我们正正经经地谈一谈？"

"三弟啊三弟，您干吗这样着急？这四句好比是坐场诗，下面跟着就来了。您问起我一向可好，问的是我的身子呢，还是我的事业？"

"身子要问，事业也要问，这两桩一古脑儿包括在内。"

"问起我的身子，那么手轻脚健，无病无痛，吃得下五碗饭，喝得下五斤酒，也睡得着五天觉；到戏台上打起出手来，还是干净利落，一些儿不含糊；演《时迁偷鸡》时，照样跳跳蹦蹦的，一些儿不觉得累。至于问起我的事业，那就只能回您一句'一事无成两鬓斑了'。"玉昆说到这里微微地叹了口气。

秋海棠翘了一个大拇指，向着赵玉昆道："二哥，您是一条天不怕地不怕的硬汉子，一叹气，可就不像您这人了！提起事业来，照您说是一事无成，然而这些年来，我也成了什么来，不是一样的一事无成么？"

"您可就跟我大大的不同。三弟，您至少已有了一房媳妇儿，有了一位千金了。"

罗湘绮听到这里，禁不住插进嘴来道："我们俩真粗心，不曾问到这个，二哥，您难道还没有讨一房媳妇儿么？"

玉昆指着自己的鼻子反问湘绮道："弟妇，您瞧我这一匹没笼头的马，配么？况且人已到了中年，也不配干这少年人干的把戏了。"

"人家六七十岁的老太爷，元配太太过世了，续娶一位花朵儿似的年轻新媳妇儿，也是常有的事，况且您并没有老，怎么不配？"湘绮面对着玉昆很恳切地说。

秋海棠也从旁凑趣道："真的，二哥，您辛苦了半世，也合该讨一房媳妇儿，安定下来了。"

"不行啊！没笼头的马是横冲直撞惯了的，您给它套上了笼头，牵牵绊绊的，准会活不成。况且我干了这些年的活，也没有挣下什么家私，挣了钱，东手到来西手去，吃吃喝喝，定要花得一干二净，才睡得着觉。要是讨了媳妇儿，这脾气可也改不过来，难不成叫她去偷汉，或是喝西北风过日子不成？我高兴时，也许在外边喝一个三天三夜，忘了回家去，连媳妇儿饿死在房里，怕也没有人知道咧。"这一番话，似正经非正经的，说得秋海棠夫妇俩都笑了起来，连梅宝也抿着嘴儿吃吃地笑。

"二哥，我瞧您再也不要回北方去了，耽在南边，一样可以过活，待我们慢慢儿地来给您找媳妇儿。好在我们将来合在一起，也好给您当心着，准不会让她饿死得了。"湘绮也是似正经非正经地说着。

玉昆霍地跳起身来，向湘绮作了个长揖道："好太太，您不要跟我开玩笑吧！南边的娘儿们，都是挺新式的，打扮得又是花花绰绰的，怎配得上我这猴儿崽子模样的人，没的叫我挨不了兜着走，还是让我安安分分地老做着一条光棍吧。"

秋海棠眼瞧玉昆那副猴急的模样，索性带笑地逗着他道："可是您老做着光棍，也不是一回事，还是让我们给您做主，找一房合适的媳妇儿好了。"

玉昆一叠连声地嚷着道："不！不！不！这万万使不得，要是您俩真肯成全我的话，我倒有一个计较在这里。"说时咧开了嘴，兀自傻笑着。

"什么计较？您尽管说啊！"秋海棠好奇地问。

"不知道您俩肯也不肯！"

秋海棠猛可地伸过手去，在玉昆肩头拍了一下道："二哥，您是个直心眼儿的人，怎的也变得婆婆妈妈起来，您的事，还用问我们肯不肯么？"

"真的，二哥有什么吩咐，我们岂有不肯之理。"湘绮也接口说。

"好，我就爽爽快快地说出来了。"玉昆直竖地竖起身来，走到梅宝跟前，搂住了她，向秋海棠夫妇道，"我爱着梅宝，把她分一半儿给我，做我的干女儿，行不行？"

秋海棠拍了一下巴掌道："行！行！准这么办！这有什么做不到的。"

"梅宝，你快给干爸磕一个头！"湘绮笑逐颜开地对梅宝说。

梅宝堆着一脸子的笑，向玉昆磕下头去道："干爸，我给您磕头了。"

玉昆得意洋洋地说道："好孩子，我生受你的。今儿个拜了我猴儿崽子做干爸，你也就是一个小猴儿崽子了。"说着，呵呵呵一阵子笑。

"春好楼"中，霎时间笑声四起，那最响朗的，是赵玉昆的笑声；带一些沉的，是秋海棠的笑声；含有三分甜意的，是罗湘绮的笑声；而清脆如一串银铃般的，那是梅宝的笑声。这一片笑声，破窗而出，打破了寂静的夜空，连树上的宿鸟，也磔磔地惊飞起来。

"今儿晚上什么都来不及了，马马虎虎地磕了头，只算是梅宝拜干爸的预拜式，停一天等我哥哥、嫂嫂他们来时，我们定要摆一席酒，点起大红蜡烛来，请二哥朝南坐了，让梅宝恭恭敬敬地在红毡毯上拜上三拜，这才是一个正正式式的拜干爸仪式，钧，您以为怎样？"湘绮发表了她的意见。

"是啊！一定要这样举行一个正式的仪式，才见得郑重其事。"秋海棠附和着。

玉昆却把个脑袋摇得像卜郎鼓儿似的说道："要不得！要不得！一百二十个要不得！三弟，您瞧我做了半世人，几曾郑重其事的？今晚上正正经经要梅宝做我的干女儿，那是再郑重也没有了。刚才磕过了头，我这干爸已做定了，不用再多出麻烦来，吃喝一顿用得着，别的一概不要。这一回您俩肯赏我这样一个天大的面子，委实是我一辈子的造化，人家辛辛苦苦地讨一房媳妇儿，也左不过要做人的爸爸，我却一些儿不费手脚，竟做起现成爸爸来了。将来梅宝嫁了丈夫，您俩有了半子，我又可分得一半，岂不是女儿和儿子全都有了，干吗还要讨媳妇儿呢？况且您俩并没有老，也许再要生出一男半女来，我如今先就预定，照样要分一半儿给我的。"

"二哥，您这如意算盘倒打得好，准和您对分就是了。您要是信不过，来打一个合同好不好？"秋海棠笑着说，湘绮却扭怩着不则一声。

玉昆暂时也不说话，只掏出烟卷来，点上了火抽着，脸上微微地透着笑，不知道在想什么。蓦然之间，却伸手把自己的脑袋敲了一下，将半截烟向地上一扔，立时跳起来嚷道："该死该死！做了干爸，却连做干爸的规矩也不懂，干撩了好一会儿，还没有拿出见仪来，这是哪里说起！这是哪里说起！"一面嚷，一面在身上乱掏乱摸，把几支又皱又曲的烟卷，一卷乱七八糟的纸币，一只又大又笨的银表，全都掏了出来，放在手掌里顿了一顿，摇摇头，重又收藏了起来。

秋海棠笑道："二哥，您真的变了，变得像娘儿们一样，做了干爸就算了，还用得着什么见仪不见仪！"

"任我是怎样的一个老粗，什么事都不放在心上，可是给干女儿的这一份见仪，可少不了。不过……不过……我这些宝货都是拿不出手的，待怎么办？"玉昆重又点上了一支烟卷抽着，搔头摸耳地沉吟了半响，猛可地把大腿拍了一下道："有了有了！就是这个吧！明明近在眼前，却还想不到，真是糊涂得透了顶！"当下他就伸出左手来，翘起了那只粗大的无名指，对秋海棠说道："三弟，我跟您商量一下，这一个金戒指，倒是我老娘传下来的，套在我这手指上已有二十多年了。您瞧，把它充一充干女儿的见仪，行么？"

秋海棠忙道："不行不行！二哥，这是老伯母给您的纪念品，怎能轻易地送给小孩子？您快不要胡闹吧！"

"二哥，这份见仪太重了，我们万万不能收，就算我们心领得了。"湘绮也推辞着。

玉昆却不做理会，自管把那黄澄澄沉甸甸的金戒指，从左手无名指上褪了下来，拉住了梅宝的手，套上她的纤指去，可是那戒指太大了，任他套遍了十个指头，都是宽落落地滑下来，秋海棠他们眼瞧着他那副尴尬的嘴脸，掌不住要笑出来。

玉昆生了气，把那戒指向桌子上一丢道："他妈的，我好容易想到了你，你却和我闹起别扭来，做戒指太大，做镯子又太小，左不是右不是的，你不是要我好看是什么？"

"二哥，您还是仍然套在自己的手指上吧，等梅宝大起来再收您的，好不好？"秋海棠忍住了笑说着。

"不，这戒指我定要给梅宝，您们要是不赏脸，我就把它扔到毛坑里去。虽是大了一些，我想不妨送到金铺子里，请他们重打一对儿小些的。"玉昆执拗地答。

湘绮见玉昆一定不肯收回去，多推辞定要使他生气，于是改变了口风道："二哥既这样至诚，倒逼得我们不能不收了。但我以为这是老伯母的纪念品，不必再去改打，待我过一天去打一个小小金匣子，把它盛着，吊在梅宝脖子里，做个永久的纪念吧。"

玉昆听她这么一说，欢喜得拍手拍脚起来，傻笑着说道："毕竟弟妇是个聪明透顶的人，一下子就给我想出这好计较来，弟妇，您该受我一拜！"说着，打着躬要拜下去。

秋海棠忙把他拦住道："二哥，您不要再这样胡闹了！梅宝，你快过来给干爸磕一个头，谢了赏。"

梅宝忙不迭向玉昆磕下头去，说一声："谢谢干爸！"玉昆便又从桌子上拈起那金戒指来，递给梅宝，梅宝笑吟吟地收藏在身上了。

秋海棠也谢过了玉昆，便道："二哥，这拜干爸送见仪的问题都已解决了。如今您该告知我这回子怎样会找到这儿来的？"

"您们给我搅了好半天，定然累了，还是快快去安睡吧，待明天说也不迟。"

"不，您这一来，使我们太快乐了，一些儿都不觉得累，况且我的身子已很硬朗，难得熬熬夜也不打紧。

您要是挨到明天才说，今晚上我准会睡不着觉。"

"好，那么我就说了。"玉昆又点上了一支烟卷抽起来，"可不是么？自从您爷儿俩到南边来以后，我老是得不到信息，惦记得什么似的。正想向班子里请一个长假来找您们。不料事有凑巧，上海红舞台恰好派人到北边来邀角儿，所有生旦净丑，全是我们班子里的，挑大梁的须生是谭老板谭鸿岩，当家花衫是梅老板梅慧秋，小花面这一行，当然是有我的份儿。这一下子可就便宜了我，既不用请一天假，又不用花一个大，反有大包银可以稳拿，吃的住的全由红舞台照管，签好了一个月的合同，于是一行十多人，浩浩荡荡地南下了。"

"二哥，就为了您的心眼儿好，才会有这样便宜的事凑合上来。"

"一到上海，先就听说大哥刘玉华吃白面做了叫花，末了儿被人活活地打死，连尸骨都没有着落，我听了好生难受，竟为他掉了不少眼泪。而使我转悲为喜的，却也得到了您的消息，有人告诉我……"

秋海棠急忙插嘴问道："他们怎么说？二哥，他们怎么说？"

"三弟，您不要急，并没有人说您什么坏话。"玉昆喷了一口烟，慢吞吞地说，"他们只说您怎样地躲过了同行，带了女儿上街去卖唱；又怎样地化名吴三喜，投进红舞台去充武行；后来您怎样地病倒了，由梅宝独个儿跟着韩家爷儿俩去卖唱，卖了钱给您治病；又怎样地遇见了一位阔少，因了这阔少，又怎样地遇见了一位阔太太；这位阔太太怎样地认明梅宝是她的亲骨血，又怎样地跟她一起来找您；您怎样地在小客寓里跳楼受了伤，怎样地进了大善医院……"

秋海棠听到这里，真如听白头宫女谈天宝遗事，不由得把脸上的笑容一扫而空，黯然神伤起来，长长地叹了一口气道："唉！这也许是报应吧，当初我登台串戏，老是串演些古人悲欢离合的故事，不料我碌碌半生，自己也好似做了戏里一个角色，串演了一出悲欢离合的戏，可是……"

湘绮怕他一提旧事，又要引起好多时的伤感，就连忙打断了他的话，向着玉昆强笑道："二哥，您倒好似一个包打听，竟打听得这般详细，您的能耐真不错啊！"

"这倒不是我的能耐，那时上海的好多新闻纸上，都登得详详细细，合起来倒是一部好小说，并且把三弟瞒得像铁桶似的秋海棠的大名，也给露了出来。红舞台里那几位同行，倒也真爱管闲事，把这些新闻纸当作古董一般收藏着，还一张张拣出来给我瞧呢。"

"不错，我也知道当时新闻纸上，曾把我的事当作军国大事般大登而特登的。据湘绮说曾经有好些记者先生上医院来访问，都给她挡了驾没有见到我。但是……但是您怎么会找到这儿来的呢？"秋海棠接着问。

"这个容易得很，我就仗着那些旧新闻纸的帮助，找到了您那位大舅子罗裕华罗老板，他就把您到西湖来养病的话告知了我，并且把这儿的地址也仔仔细细地抄给我了。承他老人家的情，当晚还治了一席酒，给我接风咧。"玉昆得意地说。

"嘎，原来是这么一回事。二哥，那么您到了上海以后，已在红舞台演过了没有？"

玉昆摇头道："还没有啊，一登了台，可就脱不了身，要我挨过了一个月才来瞧您，那真累得我肚肠子也要痒死了。所以趁他们在新闻纸上大登着《北方名角到申静养数天择吉登台》的广告的当儿，我先就一溜烟溜到这儿来咧。"

湘绮和梅宝听山海经般听玉昆一路说着，正听得够味，可是一听到这里，湘绮猛省似的忙着问道："如此说来，二哥，您在这里可不能多耽几天么？"

"当然咯！我是捉空儿溜来的，他们已决定礼拜六上戏，今天礼拜三，明天耽一天，后天可要回上海去了。"玉昆一面屈着指算日子，一面这样说。

秋海棠带着抱怨的口气道："这是哪里说起！您远迢迢地赶到这儿来，怎么耽一两天就急匆匆地走了，我有满肚子的话，要跟您说，就是连说三天三夜也说不完呢。"

"三弟，您把心儿放得平一些吧！我们兄弟俩好多年没见面了，今儿个见了面，任是一点钟也好，两点钟也好，难道足足地给了您两天，您还在不知足么？好在我唱满了一个月，也许会再到这儿走一遭的，您耐心儿等着吧。"玉昆拍了拍秋海棠的肩，像娘亲哄着孩子似的说。

秋海棠微叹道："这真是没奈何的事，礼拜六就要上戏，要屈留您也是留不住的。不过，二哥，您唱满了期，一定要来啊！"

"好吧，一个月后，我准会来。"玉昆掏出那大银表来瞧了一下，忙道："咦！一点钟了。时光不早，大家快安睡吧。"

湘绮道："是的，大家该睡了。二哥，我已吩咐王妈在客房里预备了床铺，我来陪您瞧去。"

"太麻烦您了！对不起得很。"玉昆拱了一拱手。

半小时后，"春好庐"中的灯光全都熄了，大家跟着整个的西子湖，踏进了黑甜乡。

司时之神，活像是魔术家一样，他把那挺大的黑包袱一揭，整个的西子湖，有如大银盘上托着一盆明山媚水的盆景似的，显现了出来。鸡声既报了晓，几千百头的宿鸟，也迎着晓风啁啾嘹呖地闹了起来，把人们从睡梦中唤醒了。"春好庐"中，照例是秋海棠第一个起床，接着湘绮和梅宝也起身了，秋海棠先在窗前小立一会儿，望望湖上的晓色，吸吸清早新鲜的空气，又伸手伸脚地做五分钟柔软体操。

"咦！二哥到哪里去了？"猛听得湘绮在楼下嚷着。

"真的，干爸怎么不见了！"梅宝也接口嚷了起来。

秋海棠下楼到客房中去瞧时，只见床铺上被褥杂乱，那叠在一起的两个枕头，也东倒西歪的，变作了劳燕分飞，而赵玉昆真的已不知到哪里去了。

"不要忙！这一匹没笼头的马，原是关不住在屋子里的，他一定出外溜达去了。"他悄悄地对湘绮和梅宝说。

王妈这时也从厨房里趑出来说："这位大爷真奇怪，我还没起身，他早就自管开了门出去了，亏得门上装着司泼灵锁，一带就给带上，不然，给贼骨头闯进来偷了东西去，还不知道咧。"

"这位赵大爷一向是这样的脾气，你不要多说多话。"湘绮对王妈警戒着。

梅宝忙道："妈，但是干爸还没有洗脸，没有吃点心呢。"

"这也不用管他，他两三天不洗脸，也不算一回事，至于点心，他自会随便买一些东西吃的，不过我们也得给他预备一些面，他在外边虽吃过了，回来也许要嚷肚子饿。"秋海棠未卜先知似的这样说。

一点钟一点钟地过去，不见赵玉昆回来，秋海棠他们早把早上一切例行工作都做好了。直到十点钟光景，才见玉昆哼着戏词，大模大样地踱回来了。

"二哥，您一清早上哪儿去的？"秋海棠忙着问。

"三弟，我是至至诚诚拜访岳爷爷去的，既到了这儿，非去不可。"

"哪一位岳爷爷？我倒不知道您在这儿有一位姓岳的长辈啊。"

"您真糊涂，我去拜访的就是那位'精忠报国'的岳飞岳武穆岳爷爷。"

秋海棠不觉笑了起来道："嗄！原来是上岳庙去的。二哥，您真是个有心人！"

"凡是有国之人，谁不该'精忠报国'，我这唱戏吃戏饭的，做不出什么大事情来，少不得也去拜上三拜，只算尽一些儿心意罢了。"玉昆慷慨地说。

湘绮听了这话，止不住连连点头，接着说道："二哥，亏得十多天前我见钧的精神很好，就伴着他上岳庙去走了一遭，在岳王坟前也曾磕了三个头，不然，今儿个听了您这番话，要觉得惭愧万分咧。"

"可不是么？我们瞧了《风波亭》这本戏，哪一个不替岳爷爷掉眼泪，哪一个不把那秦桧老贼恨得牙痒痒的？刚才我在庙门前买了许多香烛，到庙里去点了一个满堂红，恭恭敬敬地拜了三拜，又拜过了两庑中陪祠的那几位忠良，再到岳王坟前去磕头。磕过了头站起来，一回头见了那铁栅栏里跪着的秦桧一对贼夫妻的铁像，就啐地吐了他们两口唾沫，正想撩开裤子来撒一泡尿在他们头上，谁知蓦地里来了一个巡警，却把我拦住了。我问他是秦桧老贼的哪一代灰孙子，恨不得揍他一顿。可是一想到事情闹开了，怕要给您俩找麻烦，因此扔下了气，一口气跑了出来。"赵玉昆指手画脚地说了这一大篇话，像小孩子般天真得可爱。

秋海棠带着笑问道："二哥，您一清早赶出去，肚子一定饿了，可吃过什么东西没有？"

"吃过了，吃了好几十条油条，不过这劳什子不比从前了，它们既瘦得可怜，并且又矮了一截，吃下去也装不饱我的肚子。"玉昆懊丧地作答。

"二哥，您怎么尽着吃油条？这东西本来吃不饱的。"湘绮接上去问。

玉昆扬了扬眉道："弟妇，您难道不知道么？油条在您们南边又叫作油炸桧，据说就是油炸秦桧的意思，我为了在那老贼的铁像上撒尿撒不成，心中气愤得什么似的，所以跑到庙门前一个卖油条大饼的摊子上，尽自捞了油炸桧没命地向嘴里送，借此也好出出气。谁知那摊子上的家伙手段真不行，他一边把面条子向油里氽，我一边捞起来吃，他氽得竟没有我吃得快，我一赌气不愿再吃了，叫他算了钱，就跑回来了。可是我的肚子里又在嚷着饿了，您们有什么给我吃的？"

"干爸，我的爸真是一位未卜先知的诸葛亮。他料知您在外边已吃过了东西，他又料知您一回来要嚷肚子饿，因比上已给您预备下大肉面了。"梅宝一边说，一边对着玉昆笑。

玉昆搔头摸耳的回不出话来，秋海棠和湘绮也只有笑的份儿。不多一会儿，王妈已端了一大碗热腾腾的大肉面出来。玉昆一阵子大嚼，眨眼儿碗底早已向了天，接连又吃了两大碗，方始放下筷子来。

这一天秋海棠和赵玉昆俩有说有笑的，高兴得了不得。午后，他们一行四人又雇了一只划子，到湖上去畅游了半天，大家都兴会淋漓，忘却了过去的许多磨折和苦痛。游罢回来，又在灯下吃喝起来，直到夜半才罢。西子湖上的一片大好春光，似乎给他们全都占尽了。

秋海棠兴奋地说道："这一整天和两夜晚，委实过得痛快极了！但是，二哥，您明天真的就要走了么？"

"三弟，当然要走了。照我的意思，最好也能多耽几天，可是礼拜六第一天的打泡戏，就贴了我的《时迁偷鸡》，这个鸡是不能不偷的，且等一个月后，我们再见吧。"玉昆也黯然地说。

湘绮道："那么二哥明天是走定的了。您得原谅三弟不能相送，让我跟梅宝俩送您上火车站去，我还得给您预备一些儿吃的东西，免得半路上嚷肚子饿，怕连油炸桧也买不到半条呢。"说时，勉强地笑了一笑。

"干爸，我跟妈一定要送您。"梅宝紧接着说。

玉昆懒洋洋地答道："好吧，准这么办。"于是向大家说了声"明天见"，自管踅到客房里去了。

第二天早上，秋海棠在鸟声如沸中醒了回来，刚打开窗子要望望湖上的晓色，却听得王妈一阵脚步声，赶上楼梯来，隔着房门气嘘嘘地说道："爷，赵大爷唤我通知您们一声：他走了。"

五　共苦同甘

　　这又是江南草长群莺乱飞的暮春时节，可是已在二年之后了。

　　葛岭上的碧桃花，早又开得烂烂漫漫，一对对的梁山伯、祝英台，又在碧桃中间双宿双飞，但那半山上的一座"春好庐"，却是重门深锁，人去楼空。秋海棠不见了，罗湘绮和梅宝也不见了，撇下了初阳台，仍在那里迎晓日，送夕阳。

初阳台上原是不会没有游客登临的，但是每天早上，除了雨天外，像秋海棠那么刻板式地上去作太阳浴的，却没有第二人；每天傍晚，像秋海棠那么刻板式的同着罗湘绮上去闲坐闲谈的，也没有第二人；并且还有那依人小鸟似的梅宝，每天也总要在那石步子上跑上跑下好几次。如今少了他们一家三口子，初阳台要是有知觉的话，也不免要感到冷清清的，如失良友了吧。

然而从杭州西去坐落在浙赣路上俨然重镇的金华城中，却多了三个人，正就是秋海棠一家，融融泄泄地在过着很安定很愉快的生活。

那天晚上九点钟光景，大街上那家规模最大的华钧百货商店刚打了烊，老司务和学徒们已把十二扇排门，一扇扇地给捐上了。店堂中本来是灯火通明的，此刻已熄了十分之九，只留下了两三盏，照着十多个伙计在歇息，忘却他们一天的疲劳。楼头房间中，一灯相对，秋海棠和罗湘绮正在聊天，也已忘却了他们一天的疲劳。

"光阴过得真快，我们从杭州来到金华，已足足一年了。料不到我这个唱戏出身的人，却会做起百货商店的老板来，而您也做了老板娘……不！做了女老板。"秋海棠很高兴的这样说。

湘绮微笑着问："老板娘和女老板有什么分别，您干么要改过口来？"

"可不是么？这华钧百货商店的名称，虽是一半用您哥哥裕华的名字，一半用我的名字，而实际上所有资本都是裕华和您的，我不过坐享其成，并没有出一个大。所以您不该称老板娘而该尊称一声女老板，就是这华钧百货商店的名称，也该改作华绮百货商店，方始名副其实咧。"

"您总是安着这一副死心眼儿，您和我是一家子，也可说是一个人，何必硬生生地分什么您我呢？"湘绮佯嗔似的说。

"好吧，您既不愿意分什么您我，那么我就老老实实的遵命做老板就是了。我常在这里想，裕华真能干，和我打比起来，委实是天差地远，他在上海开了号子做买卖，又在杭州开起百货商店来，把上海收的货，到杭州去卖，利子可就比在上海出卖厚得多了。亏他为了我们，又想出金华这条路子来，这一想，又给他想了个着。"

"做买卖的人，就凭这一些本领，手腕和眼光都要灵活才行。我哥哥究竟是此中老手，他想怎样做，就怎样做，准不会错的。本来呢，我不是和您说过，想开办一所女子师范的。可是我已有二十年不和书本亲近了，从前学得的一些子，早就还给了先生，差不多忘了个一干二净，倘然当校长，已不够资格，况且也想不出给您干些什么事情。如今开了这百货商店，那就容易得多，我们分工合作，各有事情做，又可以挣钱，不怕人家下什么批评。要是开了学校，万一成绩不行，就要给人家骂我们误人子弟咧。"

"正是，开商店，当然比开学校容易得多，所以我不由不佩服裕华给我们想这条路子，实在好极了。他把上海收的货，一半儿分给杭州店中，一半儿分给这里，再方便也没有。不过您未免辛苦了些。本来阃以内事该由妻子管，阃以外事该由丈夫管的，如今我们却颠倒过来，您倒专管外边的事，而我却管着内务，内务是刻板的，不比在外边要随机应变，无论接洽同行，办理运输，都是挺麻烦的事，真是偏劳了您了。"

湘绮瞅了秋海棠一眼，抱怨似的说道："您还要说咧，也是您推说什么嘴脸不受看，定要我出去抛头露面，哪有什么法子啊？"

"您也不要抱怨我了，这要怪您自己太有能耐，这一年来，您干得太好了。要是换了我，定会闹出蹩扭来，还是让您跑跑腿，让我坐坐账桌吧。"

"我并不抱怨您，这是说着玩的。好在这些事情，我也干得熟了，一些儿不麻烦。有的事倒还是做女人的可以占便宜，人家瞧我是女人份上，什么都马虎一些，那我就很容易地应付过去了。况且殷献仁那孩子，倒也是一个好跑街，少年老成，而又口齿伶俐，关于接洽同行的事，他帮了我不少的忙，我想下个月起，加他一些薪水，年底分红，也该多分一份给他才是。"

秋海棠连连点头道："不错不错，殷献仁这孩子，确是可以重用的。说起分红的话，我倒要报告您一个好消息。昨天我翻翻账簿，见这五个月来我们的红已大有可观，虽是够不到对本对利，大约也在五六分以上。"

"五六分已很好了，我们的心是很平的，不要像那些黑心的奸商一样，贪图了暴利，乱抬物价。我们自管牢守着'薄利多卖'四个字做去就是，我想我哥哥也同意的。"

"我料知他一定同意。记得去年年底结算，我们挣到了三分利，他不是已很满意了么？并且我们梅宝那孩子，自从来到这里进了那女子师范以后，又多念了一些书，很知大义，上礼拜来信，还说我们做商人不妨，但做那贪得无厌的奸商则万万不可。我们为了这孩子份上，也要听从她的劝告，发誓不做奸商。"

湘绮忽地把秋海棠从椅中拉了起来，走到梳妆台上面挂着的一张梅宝半身相片面前，自己举起了一只右手，又把秋海棠的右手擎起了，故意板着脸说道："来来来，我们来一同宣誓：吴钧、罗湘绮誓不做奸商！孩子，愿你相信我们。"

秋海棠撑不住笑了起来道："呵呵呵！这算什么，您还是这般孩子气！"

湘绮却不作声，呆呆地对梅宝的相片瞧了半晌，眼中和脸上，不知不觉地流露出一片慈母之爱来，忧忧郁郁地说道："先前十多年不见面，好容易给我挨过去了。这两年来日夜厮守在一起，有说有笑的多么亲热，如今成了小别，可就害苦了我！她不在我身边，就好像心中少了什么似的，老是不得劲儿。幸而店铺子里事忙，使我也没工夫多想她，不然定要想出相思病来呢。"

"人家男欢女爱，一朝分手了，会害相思病，如今做母亲的为了想女儿想出相思病来，这倒是新鲜话儿啊！"秋海棠也很勉强地笑了一笑。

"唉！我总在抱怨那女子师范，为什么不开在城里？那么她早出晚归，岂不很好。却偏偏路远迢迢的，开到了乡下去，把平日间一块儿过活的爸妈和女儿，给生生拆散了。况且我的情形，又和别家做妈的不同，可怜见先头分离了十多年，这十多年的时光，就是我这本生命账上的一笔大亏损，要找补也找补不回来，现在又是一个月两个月的小分离，岂不是大亏损上又加上了小亏损，这亏损简直愈扯愈大了。"湘绮说时，两个眼睛里不由得湿润起来，险些要掉下泪珠儿来了。

秋海棠忙道："我的好太太，您不要难受，这也是没奈何的事。我恨不得要求他们把学校开在我们店铺子隔壁，像街坊一样，那么中午梅宝不但好回来吃饭，连上课一个钟点后休息的五分钟，她也可以来跑一趟，但是这样美满的事情，可办得到么？可是这年头儿他们叫作非常时期，什么事情都和平常异样，学校要开在安全地带，好让学生们安心念书，这倒也是给我们做爸妈的着想，我们难道愿意让孩子不安全么？"

"您的话原也不错，但我们那孩子也太爱念书了，一个月回来两次，可不打紧，可是这一年来一个月一次也扯不到，有时派殷献仁去接她，她总是回说功课忙，不能回来，勉勉强强地只能扯到两个月回来一次，好像全不管做妈的怎样地在惦记她，我瞧这孩子真要变作了女书呆子咧。"

"孩子爱念书，总是好的，我们也不要编派她的不是吧。这回事且扔开不提，我问您，您记得今日是什么日子了？"

湘绮抬起眼来，向壁间挂着的日历瞧了一下道："今天是四月廿七日，您干么问起日子来？"

"您真是太忙，竟把这回事也给忘了。不记得初十边上海韩老头儿曾有信来，他们夫妇俩决定在廿二三动身，派起日子来，明天准可到了。况且新闻纸上登着的船期表中，明天恰有船到。"

"不错，我倒忘了这回事，明天您打算怎样，要不要亲自去接他们？"

"是啊，我打算明天一清早上码头去接他们，也不枉他们先前照顾我们爷儿俩一场。"

"那么您早一些安睡吧，好在今天的账，早已弄清楚了。"

"且慢，我得先和您商量一下，老韩来了，派他干些什么事儿？您叫他坐着吃饭，我知道他定是不答应的。"

湘绮沉吟了一下，答道："也罢，我想他老人家年纪大一些，坐得定，就请他做外掌柜，让他在账桌子上坐坐。您自己做内掌柜，事情也可轻松一些，不用一天到晚坐在账桌上了。至于韩大嫂，可以帮着我管管家务琐屑，免得我内内外外忙不过来。"

"这样再好没有，但是您瞧，每个月给他们多少薪水？"

"每月给他们三百块钱，您以为怎么样？年底再多分一些红。我们一径要请他们来，原是要报答他们的旧恩，这数目再也不能少了。"

"好好，准这么办，我想他们有了膳宿，这些钱也不会嫌少的了。"

第二天早上，那淡黄色的初阳，刚照在华钧百货商店的金字招牌上，秋海棠就急匆匆地出了门，赶往船码头去，也是事有凑巧，他只等了半个钟点，那早班轮上已把韩老头儿韩道本夫妇俩给载来了。彼此相见之下，少不得有一番寒暄，一番亲热。好在夫妇俩也没有多少行李，只随身带着一只小皮箱，一个大包裹，当下秋海棠唤了三辆人力车，一会儿已到了店铺子。

罗湘绮忙不迭地迎了出来，秋海棠正式地给他们介绍了一下，就把夫妇俩让进了内进的客堂里坐地，一会儿茶和烟已送上来了。大家相视而笑，各不开口，可是别来已有三年多了，正好似一部二十四史，不知从哪里说起。

还是湘绮打开了僵局，笑吟吟地开言道："韩大哥，韩大嫂子，我们先得向您们俩陪个不是，上个月您家姑娘出阁，合该到上海来道喜，只为店铺子里太忙了，分不开身，只得失礼了，还须请您们原谅才是。"

韩老头儿忙站起身来，向秋海棠和湘绮拱了拱手道："吴嫂说哪里话来，我们还得向贤夫妇俩道谢，多承您们一片好意，远迢迢地还烦劳罗裕华罗老板转送了一笔那么厚的礼来，累得罗老板也破了钞不算，还劳驾到我们那小地方来道喜，真使我们过意不去。"

"真的太过意不去了，连喜酒也没曾给您们喝一杯。我家姑娘再三叮嘱我，要向您们道谢，并说她时时刻刻在惦记您们，更惦记着梅宝妹妹，这一回本来也要跟我们来的，只为跟她丈夫开码头唱戏去了，要来也来不得，她懊恼得什么似的。"韩大嫂也亲热地这么说着。

秋海棠忙道："我托内兄送上那份薄礼，不过表示一些儿微意罢了，算不得什么，还提它则甚？我倒要请问您们那位新姑爷是怎样一个人？我记得您寄来的喜帖上写着他姓张，名儿唤作振……振什么？……"

"振元，状元的元。"韩老头儿接口说，"这小子今年二十八岁，天津人，性情挺忠厚，为人倒是不错的。他在新新舞台当二路老生，戏路子还走得准，唱几声也够味儿，可是不知怎的，竟没有唱红。但他挣几个包银来养妻儿，却也够了。这回子我们姑娘嫁过去还没有满月吧，恰有人组了班开码头去，邀他去挑大梁，他觉得耽在新新舞台也耽得腻了，可巧合同满期，就没有续订，十天以前，他便带着我们姑娘跟那班子动身了。好在她也能哼几声，尽可在班子里充个零碎，挣几个钱买花粉儿，也是好的。我只指望那小子红鸾星刚照了命，再来个鸿运当头，在外码头一唱给唱红了，那么往后再回上海时，也好抖起来了。"韩老头儿精神抖擞地说了这么一大套，倒也声容并茂的活像在做戏一样。

秋海棠点着头说道："新姑爷戏路子既走得准，唱又唱得够味儿，那么将来总有一天会抖起来的，韩大哥，您耐心儿等着瞧吧。"

"一个人只要有能耐，又是心眼儿好，多早晚总有出头之日，新姑爷正年轻，忙什么？您们姑娘好福分，将来还有将来呢。"湘绮也凑趣捧场。

韩老头儿透着一脸子的笑，忙不迭地说道："托福托福。谢谢您，但愿他们小两口子好好地干去，依了您的金口，那么我们脸上也有光彩。况且我们俩又没有什么三男四女，只有这一个女孩子，穷虽穷，却也当她像凤凰孔雀一般看待。好客易养得她这么大了，指望她出去嫁得好。将来我们老两口子的这副老骨头，还得靠她们来收拾咧。"

秋海棠扬了一扬手，不耐似的说道："得了得了，韩大哥，您也不过长了我几岁，可不是什么七老八十的人，干么说出这些话来？我们仗着内兄裕华的大力，总算在这儿开了这么一爿店铺子，去年开张之前我不是早就有信给您，请您一块儿来干么？今儿个您终于来了，我们患难之交，共苦同甘，大家来干这么几年，好日子正在后头，还怕我们老骨头没人来收拾么？"

"吴兄，这一回事，我真感激得什么似的，去年宝号新张之喜，我既没有送什么礼，您来信邀我，我又没有能来帮忙，真太说不过去了。实在为的我们那女孩子已许配了张家，原说当年就要成亲的，我想一出了门，路上来来去去诸多不便，还是等这门亲事办好之后，那就干干净净的没有牵挂了，所以当时我曾向罗老板说明白了这一些苦衷，说等到女孩子一出嫁就来。谁知去年下半年，振元那孩子害了一场伤寒大病，直到年底方始复元，而亲事可就搁了下来。别的不打紧，连我这老头子也给搁僵了，多承吴兄好意，赏口安乐饭给我吃，我倒推三阻四的，老是赖着不来，好像不受抬举似的，吴兄可不要见怪么？"

"哪有见怪之理，只要韩大哥肯来，迟早倒不妨事的。老实说，前年我在杭州养病的当儿，就安着这个心了，曾对湘绮说，当年韩大哥怎样的照顾我们爷儿俩，如今我们夫妻重逢，一家团聚，总算安定下来了，可不能让韩大哥爷儿俩再上街去卖唱，定要托内兄找个好好的事情给他做……"秋海棠说着，透着非常恳切的神情。

"谢谢吴兄，您真是君子不忘其旧，就为了您的心眼儿好，今天才有这样的好日子过啊！幸而我自把那女孩子许配了张家以后，振元这小子倒也厚道，早就供养我们老两口子了。只为了他的爸妈早已去世，孤零零的，也没有什么伯叔长辈，所以把我们俩当作亲爸、亲妈一般看待，吃的着的，他什么都顾到，不然的话，我们在上海怎么能过活呢？"

湘绮插口道："这也是为的韩大哥、韩大嫂心眼儿好，才有这样的好报应，这叫作'种瓜得瓜，种豆得豆'，一些儿不会错的。"

"吴大嫂，你说得对，我们好什么来？"韩大嫂客气地接上口来，"老实说，我们是穷苦人家，自己衣食不周，做不起什么好事，也说不上有什么阴功积德。不过我跟老头子是一条心，不论什么事情，只需出力不出钱而可以帮人家忙的，我们就赤胆忠心地给人家做去，不管做得成做不成，不管做得好做不好，我尽我心就是了。至于阴损人家的亏心缺德的事，那是死也不干的。"

秋海棠听韩大嫂居然说得头头是道，直佩服得连连点头，听一句，点一下头，倒像在戏园子里听什么名角儿的拿手好唱功一般。末了便开口说道："韩大嫂，您这些话，句句都说得有道理，怕那些吃墨水的读书人，未必说得出来呢。"

韩老头儿听了秋海棠赞美他老妻的话，真有些儿受宠若惊，不由从鼻管子里喷出笑来道："呵呵！吴兄，您把老婆子捧得太过分了，她没福儿消受，怕要折杀了她。闲话少说，我韩道本女儿已出嫁了，老娘已着人送回山东德州原籍去了，上海的一切事情，全都料理清楚了，今儿个带同老妻投到吴兄门上，一切听凭吴兄使唤，只要我韩道本干得了的事，任是水里火里也要去干。你要是存心想周济我，叫我坐着吃闲饭，那我韩道本可受不了，甘愿回德州乡下去种田吃老米饭的。"

"韩大哥别忙，我知道您的脾气，请您到这儿来，当然有事要您帮忙，我们什么都已安排好了。您且歇息这么三五天，然后接事，就是大嫂也有事情做，决不让你们吃闲饭就是。"秋海棠忙着解说。

韩道本得意地点了一下头，却又搔着那光亮的秃顶道："吴兄，您……您到底要我老韩干什么？看我老韩有没有这能耐？请您干干脆脆地给我说明白了吧。"

"韩大哥，您不是也会打打算盘弄弄账的么？我打算请您来做外掌柜，外面店堂中那张账桌子。本来是我一年来天天坐惯了的，如今要请您来坐了。您想这事干得了干不了？万一账上有弄不清楚的话，可以问我，好在我是内掌柜，彼此有连带关系，您每天晚上结好了账，原要交到我手里来的。"

"行行行，打算盘弄账原是我老韩的老本行，要不是为了逃难，而流落在上海，我不是德州钱铺子里的一位掌柜先生么？"这时韩道本见身旁一张半桌上恰好放着一个算盘，他就天真地把那算盘珠滴滴答答地拨弄了一下，当然是熟极而流。

秋海棠啧啧赞叹道："韩大哥真打得一手好算盘，我是半路出家的，哪里及得上您。"

韩道本却不答白，自管对那算盘咕嗫着："老朋友，久违了！这些年来，我的口袋里老是空的，即使仗着女儿卖唱挣来几个有限的钱，也轮不到来烦劳你给我计算。呵呵！从今儿起，我们却又要天天亲近了，你得帮帮我老韩的忙，别跟我闹别扭才是。"

这番话虽像自言自语似的，说得并不很响，而秋海棠他们全都听得了，都给逗得笑了起来。

"韩大嫂，我们请了韩大哥做外掌柜，还要请您来做个女管家，帮着我管管家务琐屑，您尽着拣干得了的干，干不了的让我来，我们自己人，不用客气。好在我们的伙食跟店铺子里的伙食，自有厨子照管，倒是不用我们操心的。"湘绮向韩大嫂也说明了任务。

"我们有话要说，一切要干脆。"秋海棠伸着三个手指向着老韩夫妇，"每月薪水一共三百块钱，吃的穿的都归店铺子里供给，年底照例分红，连韩大嫂也有。您们意下如何？尽请老老实实地说个明白。"

韩道本忙道："吴兄，您贤夫妇俩这样地待我们，委实是太好了，叫我们怎样承受得起？我们有了吃，有了穿，还要那三百块钱来干什么？免了吧。"

"这个就算给您们做零用钱，非拿不可！"秋海棠坚决地说。

"恭敬不如从命，那么谢谢吴兄、吴大嫂，我们一切遵命就是。"韩道本站起身来，向秋海棠和罗湘绮作了个揖，韩大嫂也分头福了一福，累得秋海棠夫妇俩还礼不迭。

当下他们俩引导着老韩夫妇参观了店堂，又吩咐跑街殷献仁以下十多个伙计和学徒们，都来见过了这位新掌柜。随后又引到楼上去看湘绮给他们预备好了的卧室，又整齐，又干净，一切日用的东西，也应有尽有，直使老韩夫妇俩看得心花怒放，恨不得挖出心儿肝儿来表示他们的谢意。

蓦然之间，韩道本却大惊小怪地嚷了起来道："咦，该死该死！我们只顾了自己，怎么把梅宝小姐忘怀了？她此刻在哪里啊？快请出来让我们见一见！"

"真是一对老糊涂！来了好一会儿，没见到梅宝小姐，连问也没有问一声，这是哪里说起！"韩大嫂也补充了几句。

秋海棠带笑说道："您俩别忙，梅宝不在家，她在乡下的学校里念书，已有一个多月没回来了。明天是礼拜六，我唤跑街的下乡去接，三年多不见了，一定要让她来拜见韩老伯、韩老伯母的。"

湘绮听得大家提起了梅宝，这是她最得意的事，不由满脸堆下了笑来道："小孩子长得真快，个子已比前年高了不少，怕您俩在街上碰见了她，会不认识呢。"

"怎么不是，黄毛丫头十八变，她们的模样儿简直一年变一变，就像我们姑娘吧，也长得比她爸都高了，上个月成亲时，和新姑爷站在一起，竟是肩齐肩头齐头的，分不出高下来。"韩大嫂的慈母心肠，也忘不了她那位新出嫁的宝贝千金。

跑街的殷献仁，在华钧百货商店里服务一年了，在外接洽买卖，原是他的分内事，而他的最得意的差使，就是下乡去接小老板了。因为这位小老板吴梅影小姐一片天真，从来不拿架子，对于这位跑街先生，也是挺和气的。他们从几十里外水道上同搭虾蝛船回来，总是谈谈说说，打破一路上的寂寞。这一天下午四点钟光景，殷献仁已得意洋洋地把梅宝接回来了。梅宝听说上海来了韩老伯夫妇俩，真是说不出的满心欢喜，一到大街上，拔步就奔，好像和谁赛跑似的，一停不停地直奔到店铺子里，她一见韩道本夫妇，欢呼了一声，险些儿直扑到他们身上去。

韩道本架起了一副老光眼镜，和他太太各自扯住了梅宝一条胳膊，故意很镇定地把她从头到脚打量着，却欢喜得说不出话来，末后还是老韩伸着一个指头，抹去了他眼镜后面两眼角上的泪痕，发出哽咽似的声音来道："好小姐，我们一别三年多，你已长成得这般模样，真叫我老头儿认不得了。"

"韩老伯，韩老伯母，还有那位太老伯母，您们一向可好，韩大姐姐出嫁了，可也好么？我在这儿多么的惦记着您们。"梅宝那两个秋水为神的眼珠，轮流地在韩道本夫妇脸上打转，很恳切地说着。

韩大嫂也抹着眼泪，又悲又喜地说道："梅宝小姐，自从分手以后，我们哪一天不在惦记你，大姐姐又一向跟你亲亲热热的，像亲姊妹一样，她更想得你好苦。出嫁的那天，还在说你这回不能来吃她的喜酒，实在是美中不足的事。上个月，她跟她丈夫开码头唱戏去了，不然的话，一定会跟我们来瞧你的。"

五 共苦同甘

109

"唉！瞧见了您俩，想起了韩大姐姐，过去的事情，全都兜的上心来了。那时节我们是怎样的苦啊，不论天晴天雨，都得上街去……"梅宝说到这里，泪落如雨，抽抽咽咽的说不下去。

湘绮连忙搂住了梅宝，给她抹干了眼泪，一面安慰她道："好孩子，过去的事情，只当它是一场恶梦，不用再提了。今儿个韩老伯、韩老伯母都来了，给店铺子里帮忙，以后就跟我们厮守在一起，像这样天大的喜事，你听了，也该快乐了吧。"

"是啊，孩子，你不见我们两家又厮守在一起了，现在的快乐，尽抵得上过去的苦楚，没经过过去的苦，也见不得现在的乐了。"

梅宝抬起头来，破涕为笑道："不错，有了韩老伯跟韩老伯母在眼前，使我们思前想后，好像吃青果似的，自有一种先苦后甜的味儿。不过少了一人，不能不想，想起了，不能不难受。试问韩大姐姐呢，韩大姐姐哪里去了？"

"男大当婚，女大须嫁，女孩子长大了，免不了要嫁人的，韩大姐姐好好地嫁了人了，姐夫也是吃戏饭的，为人又厚道，又有能耐，将来一定会成红角儿，大姐姐也定然是后福无穷。你听了，总可以安心了吧。"秋海棠柔声下气地说着。

"但是韩大姐姐为什么这般性急？不见我还没有出嫁，还在念书，她只大了我一岁，等几年难道不行么？"梅宝噘起了一张樱桃小嘴，表示反对。

韩道本习惯地翘起了一个大拇指，带笑向梅宝道："好小姐，你有志气，又有福分，念书定然念得挺好的，将来考女状元，自有你的份儿。可是我们那孩子这几年已苦够了，哪有心思再去念书，难得有人瞧上了她，挽人前来说亲，我们也就马马虎虎地把她许配了。但是……梅小姐，你自己几时给我们喝喜酒啊？"

"真的，我们等梅小姐的喜酒，已等急了。该快快拣一个黄道吉日，定下了这门亲事才是。梅小姐，你可知道你的新姑爷是谁啊？"韩大嫂喜孜孜地凑在梅宝脸上问。

梅宝羞答答地把那张玫瑰红的脸蛋儿埋在她母亲的怀里，娇嗔着道："嗯！我……我不跟您们多说了。"

这一下子，大家都乐了，把先前因回想而引起的一些悲凉的气氛，一扫而空。当晚，秋海棠夫妇办了两席酒，给韩道本夫妇俩接风，索性请店中伙计学徒们全体列席，大家吃喝得酒醉饭饱，皆大欢喜。

六　是前生注定事

一个苗条的身影，好像莺捎燕掠一般，从市梢上沿着大街一路飞奔过来，带跌带跑地赶进了华钧百货商店，一叠连声地嚷着道：

"妈，来了！来了！来了！"

湘绮正在店堂内进的客堂里，同秋海棠在检点今天刚从上海运到的一批男女丝袜，听得了这一片兴奋的呼声，就抬起头来，瞧着那气嘘嘘地跑进来的梅宝道：

"孩子，你怎么总是这样大惊小怪的，又是谁来了？"

"妈，您怎么总是这样假痴假呆的，这还用问么？这半个月来，我们天天在盼望着谁来？"梅宝说着，噘起了那个樱桃小嘴，在旁边一张藤椅上坐下来，抓起茶几上一柄芭蕉扇来一阵子扇。

湘绮嗤的一笑道："噢，原来是你的舅舅、舅母来了。"

"梅宝，你倒像是武戏里的探子一样，'报，报，报，司马大兵到了'那么的报了进来。"秋海棠也带着笑，和梅宝打趣。

"你在哪里瞧见了他们，除了舅舅、舅母外，可还有什么人？"湘绮俏皮地问。

梅宝脸儿一红，侧着头瞅了她母亲一眼道："妈，您怎么的，当然还有表哥！可是您俩别再老是跟我开玩笑，他们是坐着人力车来的，怕快要到了。"说着，丢下芭蕉扇，扯了她母亲的手，直向客堂外跑。秋海棠把散开着的丝袜收拾了一下，也跟着出来，一面向账桌子上的韩道本招呼了一声道："韩大哥，内兄他们都来了！"

老韩笑逐颜开地接口道："嘎！罗老板来了，那再好没有！"一边说，一边锁上了抽屉，从账桌子上走下来，连连搓着双手，也赶到店门口来迎候。

这时时光很早，还没有主顾上门，柜台上的伙计们也正闲着，大家不约而同地抬眼望着街头。

不多一会儿，果然有三辆人力车，在大街上衔接而来。打头第一辆上，趾高气扬地坐着罗少华，身穿白哔叽西装，越显得丰神俊逸。他的眼光是何等锐利，远远地早就瞧见了梅宝，忙不迭地在招着手，而春风风人似的那副笑容，早就十十足足地在脸上透了出来。

第二辆、第三辆车上的罗裕华夫妇，也各自招着手，含笑而来。秋海棠他们等不及车子拉到店门前，早就迎了上去。梅宝整顿全神，似乎只注在少华一人身上，也来不及等车子停下，含羞带笑地喊了一声"表哥"，先要去提那少华脚边的一只小皮篓，接着好像觉得不妥，连忙缩住了手，赶到后面去连唤着"舅舅，舅母"，争先地帮着她舅母拎包裹，提箱篓，回到店门前。那时出店学徒们不待吩咐，也早就赶出来，把三辆人力车上的东西，全都搬运进去了。

一片乱嘈嘈的招呼和寒暄声中，把罗裕华他们拥进了店堂，又拥进了客堂。韩道本是个笃守商人旧道德的人，他眼光中的罗裕华，是这华钧百货商店的大老板，是自己的上司，是个了不起的人物，所以他这时也忙了起来，亲自送烟、送茶，像下属伺候上司那么伺候着罗裕华，而韩大嫂也不敢怠慢，她以女管家的姿态，在罗太太跟前献着殷勤，倒使裕华夫妇俩很觉得过意不去。可是韩道本也不会忘却他外掌柜应尽的责任，知道这已到了主顾们惠顾的时间，所以周旋了一下，就忙着回到他的账桌子上去了。

　　吴、罗两家，自从去年年底店中结账会面之后，已有半年不见了。这两家一面是父母女三人，一面是父母子三人，倒也搭配得五雀六燕，铢两悉称。于是此刻六个人也就分成了三组，开起"小组会议"式的谈话会来。秋海棠和裕华谈着店中一切情形；湘绮和近玉谈些家常琐屑；而梅宝和少华却谈的是双方学校里的事情。大家有说有笑，兴高采烈，把六个月来的相思之苦，都一笔勾销了。

　　这一晚的接风酒，当然很丰盛，而各人的心情，也当然很愉快，尤其是少华和梅宝，虽是遥遥相对地坐着，却不时的相视而笑，莫逆于心。酒喝到半酣的当儿，那知情识趣的韩老头儿韩道本，在那张透着酒红的脸上满堆着笑，对罗裕华说道：

"今晚上这接风酒，是喝得够痛快的了，但我老韩是贪嘴不过的，正在这里等着喝少华少爷的喜酒，不知什么时候才能赏赐下来，好让我老韩喝个三天三夜，任是醉死了也心甘情愿。"

"老头子怎么啦！"旁边的韩大嫂把肘子在韩道本臂上轻轻地磕了一下，"你总是这样没忌没讳的，喝喜酒合该讨个吉利，怎能死呀活呀的胡说乱道！"

韩道本搔了搔头皮，做出一副尴尬的脸色来道："不错不错，我得改过口来，说：任是喝得烂醉如泥，也心甘情愿。此刻我自己且干一杯，作为处罚。"说着，擎起酒杯来，把那一满杯的花雕直向口中灌了下去。

大家瞧着老韩那种搔头摸耳滑稽的神情，都不由得笑了。

"韩大哥，我陪你一杯！"裕华也干了一杯，对韩道本照了一照。"说起喜酒的话，多早晚是要请您喝的，可是时光还没有到，不得不请您耐心儿等一等了。这一回我到这儿来，原也打算跟舍妹和舍妹丈提起这回事，可不是么？这其间的前因后果，您是知道得一清二楚的，再也瞒不过您，少不得还要请您做一下大媒老爷咧。"

韩道本咧开了嘴一阵子笑道："呵呵呵！这是哪里说起，还要请我老韩做大媒老爷么？"说到这里，又涎着脸向他的老妻："老婆子，听得么？今儿个我简直像做了官一般高兴，我做了大媒老爷，你不就是一位大媒太太么？"

韩大嫂把两眼向四座扫了一下，微微一笑道："诸位瞧，老头儿真的喜疯了！这也是罗老板有意抬举我们，要我们做一个现成媒人，其实这一段十全十美的好姻缘，原是前生注定的啊。"

这时秋海棠夫妇和罗裕华夫妇听了这末两句很得体的恭维话，都笑嘻嘻地表示满意。少华抑制不住他的满腔欢喜，早透露在眉梢眼角之间；梅宝是个女孩儿家，不好意思有所表示，只得羞答答地垂倒了头，在拈弄那桌布的角儿，不住地展了又卷，卷了又展，已不知有多少次了。秋海棠一半儿陶醉于酒，一半儿却被心中的乐意所陶醉了，他瞧瞧梅宝，又瞧瞧少华，不但是那刻着十字的脸上带着笑容，眼中也含着笑意。当下他又喝了一口酒，欣然说道：

"韩大嫂的话真说得不错，这分明是前生注定事啊！试想那时节我们流落在上海，我自己贫病交迫，一些儿没有办法。多亏韩大哥爷儿俩带领着梅宝上街卖唱，挣几个苦钱来过活，一面又要给我治病，买了米不算，还得买药，简直把我这位千金磨折死了。谁知在这上天无路入地无门的当儿，偏偏会撞见了少华；可是上海滩上夜夜在卖唱的女孩子也不知有多多少少，而少华偏偏会瞧上了我的梅宝，这可不是佛家所说的前缘么？"

"是啊，世间不论什么事情，都离不开一个缘字，当初我们两人之间，没有缘如何会合在一起，少华和梅宝要是没有缘，也决不会一见倾心。仗着他们两小口子的一些缘，终于使我们隔离了十多年的夫妇，也重圆破镜重续前缘起来。真所谓'有缘千里来相会'，这一句老古话是一些儿不错的。"湘绮很高兴地说着，那声音便如奏笙簧似的，分外地动听。她的两个水汪汪的眼睛，也不知不觉地从梅宝脸上瞧到少华脸上，又从少华脸上回到梅宝脸上来，使两口子只索满脸含羞地低下头去，再也抬不起来。

罗裕华眼瞧着一双佳儿佳妇，喜心翻倒，他那个白白胖胖的脸，配着一张嘻开了合不拢的嘴，活像是寺庙里的一尊弥勒佛一样。他喝干了一大杯酒，和大家照过了杯，便一本正经地说道：

"如今闲话休絮，言归正传，少华这孩子跟我们外甥小姐，不用说是早已有了心了。只为先前妹丈正在病中，谈不到这回事，后来又为了开店的事，大家忙不过来，也从没有提起过。好在彼此心照不宣，已等于定过了亲一模一样了。如今妹丈已恢复了健康，店务也上了轨道，这一门亲事，可就应当办一个正式文定的手续，让他们两小口子也好定了心。"

"是的，这是时候了。"近玉附和着她的丈夫，"本来呢，这年头儿新式的婚姻，不用做爸妈的操心，男孩子瞧上了女孩子，尽可当面求婚，但我们少华却是一块嫩豆腐，老不出这张脸来向他的表妹求婚，那只得由我们爸妈来出头提亲了。"

"提起这一门亲事，不但是两厢情愿，简直是六厢情愿。原来除了他们俩早就有了心外，我们两家父母也是千肯万肯的了。不过我们姓吴的对于你们罗府上总是高攀了一些，当年我既高攀于前，让湘绮跟了我这没出息的，现在又轮到梅宝来高攀少华了。"秋海棠言下，大有感激不尽之意。

湘绮瞅了他一眼，忙道："算了算了，我们至亲，不用说这些客气话儿。总之我的哥嫂已代表他们儿子来向我们的女儿求婚，可是我们的女儿也是害臊的，决不会亲自答允，干脆就由我们做爸妈的代表她答允了。好在我们并没有什么要求，一切都由哥哥跟嫂嫂做主，要怎么办就怎么办。"

"好好！"裕华猛可地拍一下掌，嚷了起来，"这个再痛快也没有了。这一回我们是拣好了日子来的，旧历七月初七是巧日，恰好又是诸事俱宜的吉日，我们就来办一办文定的手续，借一家菜馆的礼堂办几席酒，请一请这里几位银钱业跟同行的老板，杭州方面也有几位亲戚朋友要赶来参与，我已约好了他们。至于大媒老爷，就是所谓介绍人，这是婚仪中所少不了的，我们乾宅，已请杭州店中的洪经理担任，你们坤宅自然非烦劳韩大哥不可了。"

　　韩道本听到这里，抢着说道："哪里哪里，这哪里说得上烦劳的话，小弟是合该效劳的。何况一切都是直接接洽，实在也无劳可效啊。"

　　"至于聘金、首饰等等，当然不用谈得，即使我们要谈，怕妹妹跟妹丈也是不愿意谈的。好在我们两家等于一家，凡是订婚、结婚一切费用，全由我们担负，我们又只有少华一个孩子，也就只有这一房媳妇，将来等梅小姐过门后，把我所有的首饰分一半给她好了。"近玉慷慨地说着，"不过目前也得先送一些来，好给梅小姐平时佩带。我已预备了一个小钻戒，一个金手表，一个金项链连心形金合子，里面嵌着少华的照片。我以为文定时有了这三件也够了，湘妹以为怎样？"

　　湘绮忙道："够了够了，在这世乱年荒的年头儿，佩戴首饰委实不大放心。何况梅宝这孩子又脱不了孩子气，在学校里跳跳纵纵的，丢了可不是顽。"

　　秋海棠若有所思地沉吟了半响，忽地面对着裕华郑重地说道："大哥，文定的日子已定在七月初七的巧日了，不知结婚的日子已定了没有？我——我希望能够延迟一些，就是湘绮也有些儿舍——舍不得她的孩子！"

"是啊，我们娘儿俩实在隔离得太久了，这两年多难得合在一起，总希望她能在家里多耽些时光。"湘绮也忙不迭地找补了这几句。

裕华带笑答道："妹丈、妹妹请放心，我们并不急于要抢你们的宝贝千金去的。一个男子成家虽要紧，念书却尤其要紧，少华非等到大学毕业决不结婚，那至少还要两年，你们俩总可放心了。"

"那再好没有！那再好没有！"秋海棠如释重负似的接口说着，"梅宝在这儿女子师范念书，恰好也有两个年头可以毕业。等他们俩都毕了业然后结婚，那就不会耽误学业了。"

"一言为定，等两年后结婚。"湘绮满意地说，一面却故意瞧着少华笑问道，"少华，你不嫌这两年的时光太长久么？"

少华扭怩了一下，却坦然答道："姑妈，这是哪儿来的话！念书当然比什么都要紧，这两年间的学业，有关自己前途，确是不可耽误的。"

近玉笑了一笑，很俏皮地对湘绮说道："湘妹，你问过了我家少华，我也得问问你家梅小姐，她可嫌这两年的时光长久不长久啊？"

近玉正待回过脸来问梅宝，只听得"嗯"了一声，梅宝早已像惊鸿一瞥似的逃席而去。

"好好！嫂子，这算什么？你可是算一报还一报，给你的宝贝儿子报复么？"湘绮径自向近玉进攻。于是一阵子欢笑之声，结束了这一席快乐的夜宴。

一眨眼好几天过去了。这一天便是旧历七月初七的所谓巧日，少华和梅宝的订婚典礼，有意延在晚上举行，天上双星，正在甜蜜地谋一夕之欢；人间儿女，却正在甜蜜蜜地结百年之好。礼堂设在金华城中一家规模最大的三星酒楼，罗裕华在杭州方面的亲戚朋友，都如期赶到，那被指定为乾宅介绍人的洪经理也当然来了。这一晚一共备了十席酒，当地的银钱业领袖和百货同行的老板们，都赶来道贺，礼堂中红烛高烧，充满着一团喜气。订婚的仪式，照例是很简单的，不过由双方介绍人交换了几副红柬帖儿，并递送了那三件饰物就完了。酒阑席散，已快近夜半，人人都带着一份喜茶喜糕，个个乘兴而来，尽兴而去。这其间却有一个人，暗暗地抱着满腔子的苦痛与失望，那就是华钧百货商店的那个跑街殷献仁。原来这一年以来，梅宝每次回家上学，他总是被派接送，因此和梅宝接近的机会很多，眼瞧着这花朵儿似的一位好姑娘，不由得起了非非之想，以至于变成单恋，如今见良缘已定，再也没有他的份儿，便顿时心灰意懒，似乎一翻身跌下绝望的深渊里去了。

那最最快乐的，当然是少华和梅宝两口子了。少华之于梅宝，正如当年秋海棠之于湘绮一样，的的确确是一见倾心，他再也梦想不到那酒楼中卖唱的姑娘，会是自己的表妹，如今会安安稳稳地做了自己的未婚妻。这简直好像是小时节所读的神话中的一节，不相信人世间竟有这样美满的事。在梅宝呢，更快乐得胡天胡帝，好像掉落在云里雾里一样。她当初跟父亲流落在上海，无依无靠，举目无亲，以至跟着韩家爷儿俩去卖唱为生。不料父亲又病倒了，病得那么厉害，又没钱给他医治，眼见得前面横着一条死路，分明是没有生路了。谁知绝处逢生，蓦地会遇见这位像飞将军从天而降一般的表哥罗少华，又因了他的一片深情，会跟那分离了十多年的母亲重逢异地，终于有今天这么月圆花好的一天。一切的一切委实是好像在做梦，又像在串戏。她想到这里，不知不觉地喜极而涕，感谢慈悲的上天，未免待自己太好了。

订婚后的三天，秋海棠夫妇见少华耽在店里，似乎太静止了，年轻人爱活动，就给他想了个活动的方法，提议到北山去玩一天，唤梅宝做伴，好让两小口子毫无拘束地彼此亲热一下，作为这次订婚的纪念。为了路上安全起见，又吩咐店中的老司务陈大伴同前去，他原是生长在北山罗店村的，也可以做一个向导。梅宝一听了这提议，高兴得直跳起来，忙着对少华说：

"表哥，这北山实在是一个最好的去处，今年我们校中春假时，老师特地组织了一个远足队，带领我们前去畅游了一天。那边有三个洞，叫作双龙洞、冰壶洞、朝真洞，真是宇宙奇观，天地伟迹，表哥，你非去玩一下不可。任何人到了金华而不游三洞，那就虚此一行了。"

"我读过徐霞客游记，心头眼底，早就怀恋这三个洞了。如今难得姑丈、姑妈提起，又有表妹做伴，我自然非去不可。"

这一天秋海棠夫妇预备了好多吃的东西，装在食盒里，好让他们明天到北山去作野餐，西方人叫作 Picnic，这确是旅行中很有兴趣的一回事。第二天一清早，陈大背了食盒、水瓶，以及火把、草鞋等物，少华带了照相机、望远镜，同着梅宝兴高采烈地出发了。殷献仁瞧他们俩影双双，如胶如漆，暗中不由得又妒又羡，但也只有他自己知道，仿佛有什么巨灵之掌，又在他心坎上猛击了一下。

从城区到北山不过二十多里，三辆人力车，载了三人沿着公路前去，那座尖顶的芙蓉峰早就迎面而来，似乎向他们表示欢迎之忱。一小时后，早就到了北山下的罗店村，大家下了车，步行上山，只见绿荫匝画，曲径通幽，如在画图中行。他们一面赶路，一面欣赏山景，赶了六七里路，已到洞前村了。

"表哥，你瞧，那前面就是赫赫有名的双龙洞了。这洞分作内、外二部，外洞约有五六丈高，四周约有十多丈宽，西面和南面各有一个入口，天光由此射入，很为明亮。我们游过了外洞，再游内洞，那要坐了小船进去的，再好玩也没有了。"梅宝居然像识途老马般对少华说着。

少华急于游洞，三脚两步地向前赶去，一会儿已到了洞前，打开照相机来，向梅宝说：

"表妹，你站在洞前，我给你拍一张照，留个纪念。可惜陈大不会拍照，不然，我们合拍在一起，不是更有意思么？"

梅宝满面春风地站在洞前，让少华拍过了照，就像一头小鹿般地跳进洞去，少华收拾好了照相机，唤陈大在洞外等候着，当下也紧紧地跟了进去。只见四面是平平的石盖，当中半圆形的好像是一顶下覆的伞，西偏有两条柱子似的石钟乳，活像白龙升降模样，连那龙头也是维妙维肖的。少华正在观赏，却听得梅宝放出一片银钟似的唤声来道：

"表哥，到这儿来，我们游内洞去，内洞要比外洞好玩多哩！"

少华一面答应，一面跟着这声音向北面走去，只见石壁下有一个三尺高丈余宽的岩穴，有溪水从里面汩汩地流出来，溪边有一个伕子把提着的一盏灯，点上了火，弯着腰拉一下绳子，却见他从岩穴中拉出一艘小船来。梅宝急忙挽着少华的胳膊，跨下船去，佚子提着灯，也跟着下船，一面忙道："少爷、小姐，您俩快仰躺在船里，千万不要抬起头来，撞痛了可不是玩！"说着，他自己也在船艄上躺下了，再拉一下绳子，那船就向着岩穴里送去。

少华只觉眼前一片漆黑，而身旁却紧贴着那软玉温香的表妹，心中不由起了一阵快感。正在这时，猛听得梅宝在耳旁警告道："表哥，当心你的鼻尖！没的给岩石削去了，可不像个样儿。"说着，吃吃地笑了起来。

一会儿船身一震，已停住了，那佚子从船艄上跳起身来，提起了灯，扶着他们俩出了船，随把那灯照着上面十多丈的岩石，一边加以说明，那个是雪山岩，那个是仙笠岩，那个是仙人挂衣石，亮晶晶的兀自照眼生明。梅宝又指点着那些纵横凹凸的石形，向少华道：

"你瞧，你瞧，表哥！这是猴子偷仙桃，这是犀牛望明月，这是狮子滚绣球，你瞧像也不像？这儿就是一条青龙跟一条黄龙，有头有角，有脚有尾，张牙舞爪，再像也没有，因了这两条龙，所以这个洞就被称为双龙洞了。表哥，你做黄龙，我做青龙，我们俩一辈子躲在这里，可好不好？"说完，早又嗤的一声笑了。

少华附和着笑了一阵，两口子左顾右盼、东溜西达地在洞里足足流连了两小时。洞外是仲夏，洞内却是深秋。末了儿觉得身上冷了，肚子也饿了，方始依旧由那伕子把小船送到洞外。他们犒赏了伕子，坐下小息，便唤陈大拿过食盒和水瓶来，喜孜孜地共同享用了一顿丰美的野餐。

刚装饱了肚子，梅宝早又坐不住了，嚷着要看冰壶洞去。当下他们套上草鞋，由陈大前导，一同登山，不过半里路光景，过了友松亭，就是冰壶洞了。洞口并不大，下望一片漆黑，只听得水声汤汤，如鸣琴筑。陈大把带下的一个火把引上了火，打头爬下洞去，少华和梅宝手牵着手，一步一顿地从那滑滑的岩坡上跟着下去，幸而仗着火把的光，不致暗中摸索地像盲人瞎马一样。到得下面可以站住脚的所在，却见那洞身豁然开朗，劈面有一道长长的飞瀑，从洞顶岩石的中间凭空飞泻下来，泻到下面的一块大石上，水花四溅，散作濛濛细雨，而瀑声淘淘，却好像鸣金伐鼓一般，直把人们的耳膜都震破了。回望洞口的天光，微微照着这下泻的飞瀑，仿佛

新秋海棠

遮着一重水晶帘子，要是有一美人，在此梳洗，那真的可以在水晶帘下看梳头了。少华看到这里，拍手叫绝，梅宝也紧紧地扯住了少华的胳膊，兴奋得什么似的。

他们三人像井底蛙般好容易爬上了冰壶洞，坐下来休息着，气嘘嘘地不住地喘息。梅宝两个粉腮子，红红的好似新开了两朵玫瑰花，带着笑向少华道：

"表哥疲乏了么？上面还有一个朝真洞，要不要去？可是山坡峻峭，上去很要费些劲儿的。"

"去，去，去！为什么不去？但是，表妹，你可还有这勇气么？"

"怎么没有！你去，我也去，有福同享，有难同当！"梅宝慷慨地回答。

"好，但愿我们俩一辈子永永如此！"少华微笑着溜了梅宝一眼，梅宝的脸色更晕红了。

那时仍由陈大打头，少华牵着梅宝的手在后面跟着，向那峻峭的山坡上爬去，爬了四百多公尺，已到洞口，可是三个人都已汗流浃背，气喘如牛了。休息了一下，便点上火把走进洞去，洞中高高低低，曲曲折折，真有行不得哥哥之叹。可是少华余勇可贾，梅宝也不肯示弱，仍然不屈不挠地向前走去，行了三十多丈，见有两条三丈多高的石柱，彼此遥遥对峙着，每柱足有两三抱粗，而上面还架着石梁，仿佛是一座天然的人石桥，可惜不能走上去。再进去了十多丈路，梅宝忽地唤陈大将火把熄了，狡狯地对少华说道：

"表哥，这是一个奇迹！你在这漆黑的洞里，可以望见天上的明月。"

少华向前面望时，果然见有一轮满月，嵌在岩石的上面，仔细瞧时，才知石上恰有一个圆窞，透进天光来罢了。再进十多步，这天光不见了，黑暗中又见前面放出一道白光，像是一条粗粗的白线。少华料知这又是岩石上的一条细缝，透着外面的光亮，因便信口说道：

"这多分是叫作'一线天'吧？"

"是啊，表哥，你怎么会知道的？"

"这没有什么稀罕，凡是石缝石罅，可以望见天光的，总叫作'一线天'。杭州灵隐，不是也有这玩意儿么？和尚们还要借此造出些神话来，真是荒唐！"

"表哥，你不要奚落他们，我们在这黑暗世界中，蓦地瞧见了一线光明，总是好的。我们现在不是正需要光明么？"梅宝很有含蓄地说着。

"是啊，你这话一些儿不错，我们在黑暗中快要窒息死了，正在需要着光明，期待着光明！来，我们快快打起精神，走向光明中去！"

陈大的火把，重又辉煌地照耀起来，照着这一对年轻人，步步艰难地向着洞外走去。少华吹着口哨，哼着一支雄壮的曲调，惊起了暗隅中的一群蝙蝠，扑扑地飞了开去。

七　天有不测风云

斜阳下来了，照映得金华女子师范的体操场上一片黄橙橙的，好像镀上了一层薄薄的黄金。这校舍正坐落在风景挺好的所在，前面是绿油油的水，后背是碧沉沉的山，它矗立在斜阳影里，真好像是宋人画里的金碧楼台。不过住在这金碧楼台中的，并不是什么金童玉女，而是一群活泼泼的女学生。

下课钟叮当叮当地响了起来，尾声还袅袅地荡漾在

　　　　　　　　　　新秋海棠

空中，那从操场通入各班课堂的两扇大门已砰地向外推开了，吐出一群群白衫蓝裙的女学生来，像娇鸟投林般三三五五散满在操场上。一阵阵欢笑之声，立时打破了四周静穆的空气。

"吴梅影！吴梅影！我们开谈判去！"一位名唤陈雅珍而满脸透着淘气相的小姐，扯住了梅宝的手，要她跟着自己走。

"怎么啦？陈雅珍，你老是这样淘气！"梅宝要挣脱她的手，可是被陈雅珍扯得紧紧的，再也挣脱不了。

同时有四位同学，笑吟吟地包围着梅宝，异口同声地说道："是啊！吴梅影，开谈判去！开谈判去！"

"开什么谈判？你们不要听信那包打听的胡言乱语！"梅宝忸怩地说。

陈雅珍得意洋洋地说："是的，我本来绰号包打听，这一回可给我打听得明明白白，怎说是胡言乱语。好在有证人在这里，你要躲赖也躲赖不掉！王杏仙，你能不能作证？"

"能！能！能！怎么不能！我还可以到总理遗像前去宣得誓，决不打一句谎话。"那四人中有一个瘦长身材的，挺身而出，郑重其事地说着，"梅影，你是不是已在七月七日乞巧的那天，和你的表兄罗少华订了婚，那天晚上，我的父亲曾来喝过喜酒的。"

梅宝一听了这位证人凿凿有据的一番话，不由得红了一红脸，低下头来。

陈雅珍鼻子里哼了一声道："哼哼！梅影，你还有什么话说，快乖乖地跟我们开谈判去！好在我们同房间的除了你不过四个人，加上了王杏仙，一共五个人，什么都好商量。要是你敢倔强的话，那么我们就得公开地宣布出去，让大家都知道，管教你吃不了兜着走！"

梅宝兀自低着头，作声不得，只索让她们簇拥着到了一棵两抱粗的大银杏树底下，席地坐了下来，五个人挤眉做眼地团团围住了梅宝，把她围在核心。当下那个最最淘气而绰号包打听的陈雅珍，就被推为谈判的总代表。

"好！我既做了总代表，那么就由我先来开口。"陈雅珍志得意满地说，"第一点，我得先向梅影提出质问，订婚是非同小可的事，为什么隐瞒着不请我们喝一杯喜酒？我们虽是非亲非故，够不上资格来喝喜酒，但这一年来在校中同住着一间房，同学的交情非同泛泛的，似乎已取得了资格。要是订婚而不请喜酒，倒也罢了，如今既请喜酒而不请我们四个同房间的同学，是何理由？"

梅宝低头玩弄着手中一个文具匣，在一本硬簿面的生物学教科书上颠来倒去，的的答答地透出琐碎的响声来。她嘤咛地说："那时是在暑假期间，我们又不同在一起，况且事情决定得很快，也来不及通知你们。"

"这理由不能成立，我们四人和你同在一个金华城中，又不是远在千里以外，我们的住址，你也不是不知道，尽可分头来通知我们。即使不愿劳动你千金小姐的贵步，难道写四封信给我们四人也不肯么？"陈雅珍理直气壮地反驳着。

王杏仙听到这里，佯嗔似的忙着向陈雅珍道："且慢，雅珍，你怎么口口声声地说着四人四人，难道我出来给你们做了证人，倒反而把我一脚踢出你们的圈子外去么？"

"杏仙，你不要忙，我是根据着我们四人和她同级同房间而说的，你比我们高一级，又不同房间，和她当然疏远一些，不能和我们四人相提并论。但你这一回出来做证人，自是劳苦功高，等我们主张权利时，自然也有你的份儿，公平分配，老少无欺。好小姐，你尽管放下一百二十个心，我们吃饭决不会忘记种田人的。"

王杏仙笑了一笑道："这样才像一句话儿，那么我就耐心儿等着你们分配权利得了。"

"是啊，杏仙，你做过了证人，你的任务已经终了，尽可袖手旁观，瞧我来一手包办这个重大交涉，定要获得最后的胜利。"陈雅珍说完，顿了一顿，又把脸儿凑近了梅宝，郑重地说："第二点，我得再向梅影提出抗议，订婚而不请我们喝喜酒，倒也罢了，偏偏连什么喜果、喜糖、喜茶之类也不肯漏一些儿出来，甜甜我们的嘴。但瞧我们开学已有半个多月了，她到了校中，还装作没事人儿一般，不动声色，她多分是要一辈子把我们瞒在鼓里的了。可是前天她和我谈起暑期游玩北山三洞的事，就露了马脚。当时我质问她为什么不约我一起去玩，她说因为有人同去，不大方便，我听了大为诧异，驳回她说：游山玩水，结伴同行，是很平常的事，为什么约了我会得不方便起来？"

王杏仙不做声，其他三位小姐却不约而同地说道：

"驳得好！驳得好！"

"可是我这包打听是个鬼精灵，心中立时起了疑，就盘问她是谁和她一起去玩的？她先还咬紧牙关不肯说，经不得我像法庭上法官逼问口供似的再三盘诘，她才红着脸回说是表哥同去的。你们大家都知道，凡是女学生，往往有一位表哥，我自己除外。据说这表哥就是爱人的代名词。你们几位，多分也各有一位表哥吧？"陈雅珍说到这里，俏皮地笑了一笑。

"别胡说！我没有表哥。"王杏仙她们一致地否认着。

"这一年来，我没有听得过梅影提起有一位表哥的话，这倒是哥伦布的新发见了。我知道王杏仙的父亲是开百货商店的，和梅影的父亲是同行，关于吴家的事，也许略有所知，昨天我就悄悄地去打听杏仙，这一打听，可就打听得一明二白，而且比了哥伦布发现新大陆更为重要。梅影的表哥倒的确是表哥，也的确是爱人，他姓罗，名少华，他的父亲就是和梅影的父亲合开华钧百货商店的。现在他以表哥兼爱人的资格，升上了一级，在农历七月初七那天升任梅影的未婚夫了。王杏仙的父亲事前得了请柬，那晚上曾去参加喜筵，但是没有杏仙的份儿。杏仙一向是个好好先生，见了梅影一声儿不响，在同学们跟前也一字不提。梅影，你不请我们喝喜酒倒也罢了，怎么对得起这位好好先生王杏仙呢？"轻嘴薄舌的陈雅珍，又向梅宝进攻了一下。

梅宝在同学姊妹中间向来是柔懦易欺，绰号"嫩豆腐"的，这时被她们五人包围着，又害臊，又窘急，听陈雅珍这么一说，觉得自己对于王杏仙确有些儿对不起，倒不得不声明一声，于是透出像蚊子似的细弱的声音来道："关于请客等事，都是父亲做主的，我什么都不知道。"

好好先生的王杏仙眼瞧着梅宝那副又害臊又窘急的神情，怪可怜见的，便忙着给她解围道："好了好了！雅珍，废话少说，也不用过分地为难梅影了。你们主张权利，不妨爽快向她提出，瞧她接受不接受？"

"主张权利，原是我们谈判的本意，如今我便以总代表的资格，代表我们这一伙人向梅影提出要求，订婚的那天既没有请我们喝喜酒，应该补请一下。"

王杏仙忙道："补请喜酒，那可以不必了，等到梅影出闺成大礼时，再行补喝也不迟。我料知这一顿大喜酒，她是再也不会赖我们的了。”

“人寿几何，叫我们等到哪一天？况且这年头儿变动太多，今天不知明天事，将来怎么样，也正难说！”陈雅珍噘起了嘴，半垂着头，自言自语地咕哝着，一会儿却突然抬起头来，放声说道：“好！只要大家同意，我就撤回这一个要求，不得已而思其次，那喜果、喜糖之类可不能少我们的了。梅影，你怎么说？”

梅宝听得陈雅珍所要求的，不过是一些儿糖果，那是轻而易举的事，于是嫩豆腐立时老了起来，慷慨地答道：“好的好的，准这么办！下次我回家去时，一定好好地办就五份，送给你们，另外再送长统真丝袜各一双，作为处罚我这一次瞒过你们的不是。”

“你们瞧，吴梅影多慷慨！真不愧是一位百货商店的小老板。”陈雅珍高兴地说。

“雅珍休得取笑，你不要再挖苦我就好了。且慢，我还有一个要求，我既向你们赔过了不是，你们可不能把这回事张扬开去，行不行？”梅影抬眼向她们五张脸庞上逐一瞧着，等她们的答复。

陈雅珍扮了个鬼脸，又举手行了个军礼道："是！罗少奶奶，我们遵命就是！"

"嗯！雅珍，你这么乱叫，我可不依！"梅宝握紧了一个拳头，待向陈雅珍身上擂过去，却不过陈雅珍像猴子般霍地跳起身来，在一阵娇笑声中逃跑了。

这一所面水背山风景如画的金华女子师范，离城四十多里，有水道可通，附近只有一个山村，住着几十户朴实的农民，自耕自食，克勤克俭，倒像是"桃花源"里人家。学校的环境既这般清幽，自是一个读书的好地方，为都市中所求之不得的。那一群天真无邪的少女们，在这静穆的气氛中孜孜向学，不问外事，几乎把她们的家也忘怀了。谁知秋季开学以后，不到两个月，这静穆的气氛，却渐渐地不安定起来，那些一向安心读书的女学生，也因此而不安定起来。她们夜半梦回，常听得城里有爆炸之声，而白天从城里做买卖回来的农民们，又带来了许多惊心动魄的谣言，在可信不可信之间。学校当局出了布告，劝大家镇定，不要自相惊扰，每天仍然照常上课。可是不上三天，形势益发严重了，日夜有铁鸟成群结队地飞来，城里也日夜有爆炸的声响。那些做买卖的农民们不再上城去，而城里人反有扶老携幼逃难来的。于是梅宝、杏仙等那些住在城里的学生，都惦记着家，再也不能安心上课了。学校当局派了庶务主任上城去打探，当天回来报告，也说形势严重，岌岌可危，于是在大礼堂中召集了一个大会，宣布停课，凡是住在城里的学生可以先自回去，有些住在兰溪、永康一带的，等家里来接。一时学校中乱糟糟的，大家都好像变作了热石头上的蚂蚁。

梅宝一面整理书籍行李，直急得要哭。王杏仙学级高一些，年纪也长一些，比较的有些主意，她集合了那些住在城里的同学们，雇定了一艘大船，预备第二天清早回城里去，叫大家快快收拾好了行李准备着。大家的心中，都像浇进了沸油，直熬煎得她们一刻也不能安定，恨不得插翅飞了回去，投入家人的怀抱。

不料梅宝正在焦急得没奈何的当儿，她心目中的一颗救星突然降临了。一艘小船，急于星火地摇到了校舍前面那条小河的埠头上停下，船上急于星火地跳出一个人来，直向校中跑去。门房老张恰在门口小立，一见了此人，忙迎着说道：

"殷先生，你可是来接吴梅影小姐回去么？城里到底怎样了？"

"不得了，不得了！你快去禀明舍监先生，请吴小姐来，我在应接室中等着她。"殷献仁气嘘嘘地说，不住地把手帕抹着额上脸上的汗。他本是来惯了的，不用别人指引，自管赶往应接室去了。

梅宝正在她的房间中，把行李收拾好了，在和陈雅珍她们说着惦记家里的话，蓦见女勤务洪妈急匆匆地赶了进来，没口子嚷着道："吴小姐，吴小姐，林舍监叫我通知你，你家里有人来接了，在应接室里等着，你快快下去。"

梅宝料知她的爸妈派殷献仁来接她回去了，无论城里的情形怎样，总是回去厮守在一起的好。当下怀着一颗喜孜孜的心，三脚两步赶下楼去，陈雅珍她们要探听一些城里的消息，也一窝蜂地跟了来。

"殷先生，怎么样？爸和妈都好着么？"梅宝的脚刚跨进了应接室的门，就忙不迭地问。

殷献仁正心神不定地在应接室中往来踱步，一见梅宝，如获至宝似的透出一脸笑来，接着说道："梅小姐，你放心，老板和老板娘都好着，不过城里是不能再住下去了，搬走的人家，不知有多多少少。我们店里早已停止营业，伙计和学徒也遣散了。今天早上，你的爸和妈收拾了行李箱笼，雇船直放兰溪，预备暂在旅馆中住下，再作道理，派我来接了你，立刻就上兰溪去，好在路程不远，今天可以赶到的。"

"这怎么办！这怎么办！我又不知道兰溪在哪里？"梅宝皱着眉，喃喃地说。

"你怕什么，我就是兰溪人，船已等在外面，我们一上船，立刻动身，今天准可赶到，事不宜迟，快把你的行李拿下来送上船去，早一刻走，早一刻到兰溪，也可早一刻见到你的爸妈。"殷献仁非常恳切地说着。

梅宝忙道："请假条子呢，我得交与舍监先生去。"

"在这里！在这里！"殷献仁从怀中揣出一个纸条儿，递与梅宝。梅宝心中麻乱，连瞧也不瞧，忙着找舍监先生去了。

包打听的陈雅珍趁这当儿，开口问殷献仁道："城里到底是怎样的情形？"

"唉！一言难尽！一言难尽！总之大家都在搬走，

混乱得不成样子，你们住在城里的，还是快快回去，自然会知道。我又不能随便地说着，没的担上了一个造谣生事的罪名。"殷献仁不住地摇头太息。

这时应接室中恰又来了几个人，也是住在城里的学生们的家长，派来接他们的爱女去的，一时空气顿然紧张起来。三三五五的学生，不断地跑来探问消息。

一会儿梅宝已唤女勤务拿了行李赶来了，跟着殷献仁跑出了校门，陈雅珍、王杏仙一行人依依惜别，都抬着一双流泪眼送她上船。那船便一摇一摆的，向着烟水迷茫中摇去了。

梅宝不知如何才好，呆呆地坐在船头，泪眼盈盈地望着校舍，渐去渐远，渐缩渐小，先还像一个鸽笼，矗在绿树丛中，末后却缩成了香烟匣子，又缩成了火柴匣子……整个儿瞧不见了。她心中好生难受，想自己一年来在这女子师范中念书，因为自己爱念书之故，也就爱这学校，把这学校瞧作自己的第二家庭，和同学们又都相亲相爱，如手如足，好像姊妹们一样，如今却硬生生地分手了，不知哪一天可以再见，又不知哪一天可以再到这洞天福地似的学校中来？想到这里，两颗泪珠儿，不知不觉地挤出了眼眶，掉了下来。

"怎么啦？梅小姐，你好端端为什么掉起眼泪来？"殷献仁眼瞪瞪地直瞧着梅宝的脸。

梅宝掏出一方小手帕来抹了一抹眼睛，哽咽着答道："秋天开了学，还不满两个月哩。人家正在好好地念书，做梦也做不到今天会逃起难来，连书也念不成了。同学姊妹们合在一起，一向是热闹惯了的，如今也只得分了手，东逃西散了。唉！这是哪里说起！"说着眼圈又红了。

"梅小姐，你不要难过，这回子不过暂时出去躲一躲，等到局面平静了，仍可回来念书。同学们暂时分了手，也仍有见面的日子。况且你此刻是回到你爸和妈的身边去，合该高高兴兴才是，难道你不愿意见你的爸和妈么？"殷献仁柔声下气的，说着安慰的话。

梅宝一听得"此刻是回到你爸和妈的身边去"一句话，她的脸上就好像来了一阵春风，把先前的一抹阴云吹开去了，当下就欣然地答道："这是哪里来的话，我岂有不愿意见爸和妈的道理，巴不得早见一刻好一刻呢。"

"一提起爸和妈，你就高兴起来了，我原知道你是最爱你的爸和妈的。梅小姐，其次你可爱的是谁啊？"殷献仁俏皮地问。

"不用管我爱的是谁！殷先生，你也和我开起玩笑来了。"梅宝沉下了脸，似乎有些儿生气的模样。

殷献仁诚惶诚恐似的说道："不敢不敢！我不过顺便问这么一声，怎敢和梅小姐开玩笑。咦！我知道了，其次……你……你是爱着你自己。"

"你这么说，倒也未尝不可。一个人自己爱自己，那就是自爱，任何人立身处世，原应该自爱的，切不可自暴自弃，做那对不起自己对不起别人的事。凡是不知自爱的人，就是社会的蟊贼，天下虽大，可没有他的立足之地。"梅宝侃侃说来，倒像在学校中讲台上练习演讲一样。

"不错！任何人都应该自爱，应该自爱！"殷献仁嗫嚅地附和着，脸上不知怎的，微微一红。

两岸上一堆堆的青山绿树，半空中一阵阵的征雁归鸦，一条条的小桥，一带带的港汊，一道道的悬瀑，在船边不断地移动，向后面倒退下去，把梅宝的视线吸引住了。她欣赏着这大自然的美景，不知不觉地出了神，忽地指着一个远远从山坡上泻下来的瀑布，嚷了起来道：

"妈，您看那瀑布多好看！又白又亮的，真像一匹白纺绸一样。"

"梅小姐，你真是个孝女，又想起你的妈来了。"殷献仁带着笑，唤醒了她的迷惘。

梅宝定了定神，也不由得笑起来道："我想着妈，真想疯了，妈不在这里，却蓦地唤起妈来。殷先生，我们什么时候可以到兰溪？"

"你不要着忙，今晚上准可到的。船家，快快摇！"殷献仁回头向船尾上的船夫做了个手势。

船大不作声，两只手把着橹似乎摇得加紧了一些；那咿咿哑哑的声音，也似乎响朗了一些。

"我真不明白，爸和妈为什么这样匆促地抛下了店，离开了城，事前连一个信都不给我？"梅宝眼望着远山，沉吟着。

"梅小姐，你在学校里，还不知道城里的情形哩。白天满街都是搬家的人，男男女女，老老少少，都像失落了魂灵似的东奔西走。一堆堆的大包小裹，铺盖箱笼，有提着的，有背着的，有车子装着的，直好像赛会一样，大大小小店铺子都打了烊，我们店里也早就没有生意了。晚上全城不见灯火，黑魆魆地变作了鬼世界。你爸和妈为了舍不得这爿店，总想多耽一天好一天，但望太平无事，仍然厮守下去。一方面因为你们学校的所在比较安全，所以不愿给你信，怕吓了你。可是昨天晚上，那离开我们二十多家门面的一家火腿店给毁了，一只挺大的火腿直飞到我们的后门口来，给陈大拾进来煮了，做夜饭菜请大家吃。可是你的爸和妈慌了，知道这里再也耽不下去，连夜收拾好了东西，发了钱给伙计学徒们，一齐打发他们回家，只留下陈大守店。今天早上，他们决定了上兰溪去，因为东西带得太多，雇了一艘大船直接动身，韩老先生夫妇俩当然带着一同走，一面派我赶到学校里来接你，到兰溪会齐了再作计较。梅小姐，你瞧，他们是在这样紧急中决定了的，还来得及先给你信么？"

　　殷献仁尽滔滔地说，梅宝尽悄悄地听，不开一声口，不插一句话，直到听完之后，才微微地叹了一口气。她想到她爸和妈一年多辛苦经营的这一爿华钧百货商店，正在蒸蒸日上的当儿，不料竟会遭到了这样的厄运。她又想到舅舅、舅母和表哥在暑期中赶来小住，给自己决定了终身大事，那时是多么的热闹，多么的快乐。她又想到订婚后的三天和表哥俩同游北山三洞的情景，一同坐着小船进双龙内洞去；一同爬下冰壶洞去看水晶帘子；又一同在朝真洞里看一线天，说是要打起精神从黑暗中走向光明中去。当时的一言一动，都还历历在眼，好像是昨天的事，谁知一别三月，自己却分明从光明中走向黑暗中去了。梅宝想到这里，她的一颗心，似乎紧紧地打上了一个结，眼泪又止不住掉下来了。

殷献仁的一双眼睛，自从上船以来，似乎从没有离开过梅宝的脸，一见她掉泪，早又柔声下气地安慰着道："梅小姐，你怎的又难受起来了？要知常常掉泪，是要弄坏眼睛的，像你这么一双好好的眼睛，就是小说书中叫作什么'秋水'和'横波'的，你难道忍心弄坏它么？"

"别说废话！我不耐烦听你的。殷先生，到底什么时候可以到兰溪？"梅宝的声音，十分生硬，似乎刺痛了殷献仁的耳朵。

"快了快了。但是这么一段长长的路，可不能特地替我们缩短一些，况且这船又不是火轮船，全仗船夫一步一步地摇过去，要快也快不了多少。你瞧他摇到如今，连旱烟也没抽过一筒，总算是特别卖力的了。梅小姐，我的心正像你一样的急，但也没法可想，你还是耐性些吧。"

梅宝实在耐不得了，她也不理会殷献仁的话，自管回过头去，向那船夫说道："船家，你摇得快一些，倘能早些到兰溪，我多多的赏你酒钱。"

那船夫瞧了梅宝一眼，自管摇着橹，并不答白。

"这船夫是怎么一回事？我对他说话，他却一理都不理！"梅宝诧异地问殷献仁。

"他是一个哑巴，不会开口，凡是哑巴总是连耳朵也聋的，所以他也不听得你的话。刚才我唤他快快地摇，也是向他做着手势的。"

当下殷献仁为了要讨好梅宝起见，特地爬到船尾上，一面做手势，一面提高了嗓子，把梅宝的话向船夫耳边复述了一遍。那船夫点点头，满头的大汗，直溅了殷献仁一脸，瞧他的模样，实在已精疲力尽了，于是叫他把船靠了岸，临时雇了一个帮手。有了这一支生力军，船便摇得快了。

西斜的太阳，像一个鲜红的蛋黄一般被山顶吞没了，暮霭渐渐四起，掩盖了水面上的落日余光。后面赶上来的大小船只倒也不少，船上都装着许多男女和箱笼包裹，分明也是从金华来的。有好些船上，船夫总有三四个，使劲地摇着，所以都超过了梅宝的船，使梅宝的心中，益发焦急起来。

"殷先生，快要到了么？"梅宝已不知道问了多少次了。

"快了快了，梅小姐，你不要着忙！"殷献仁也不知回答了多少次了。

昏沉的夜色，包裹了梅宝的船，也包裹了梅宝的心。天上既没有星月，船上也没有灯火。梅宝痛苦地追想着她表哥走向光明中去的那句话，觉得自己是一步步走入黑暗中去了。

这样不知经过了多少时候，梅宝老听着那单调的咿咿哑哑的橹声，一颗心几乎要爆裂开来，一双干涩的眼，遥望着前面漆黑的一片，正如哥伦布孤舟漂泊在海洋中一般的紧张。转过了一带碍眼的山，终于望见远处繁星似的灯火了，梅宝心中猛觉得一喜，仿佛从这繁星似的灯火中望见了她的爸和妈。

"啊！兰溪到了！"黑暗中飞过来一声欢呼，也不知是从哪一个口腔里发出来的。

八 茫茫四顾欲何之

"这是哪里说起！好容易赶到了兰溪来，却见不到爸和妈的面。你不是明明说爸和妈在兰溪等着我么？殷先生，现在他们在哪里？他们在哪里？"

这艘小小的船，被那黑魆魆的一片夜色包裹着，停泊在兰溪的岸滩旁边，像一条死狗般一动都不动。船上点着一盏桅灯，放出一丝半明不灭的微弱的光，照着梅宝一张焦急的脸，两眼直瞧着殷献仁。

"梅小姐，这——这个你可不能怪我，今天早上我明明送你爸和妈跟韩老先生夫妇俩上船的，我还帮同陈大把箱笼行李一件件搬上船去，足足有十二三件之多。你爸和妈给了我一千块钱，唤我上学校来接你，直接上兰溪。好在兰溪地方不大，旅馆也不多，一找就可以找到他们的。"

"那么现在爸和妈在哪里呢？为什么把兰溪的大小旅馆全都找到了，老是找不到他们？这怎么办！这怎么办！"梅宝两道弯弯的修眉，顿时打了个结儿，连脸色也透着苍白了。

殷献仁愁眉不展地瞧着梅宝，沉吟着说道："梅小姐，你不见么？那些大小旅馆都已客满，实在从金华来的人太多了，这委实出于你爸和妈的意料之外，就是我也万万料不到的。也许他们见旅馆中容不下，又没有什么亲戚朋友那里可以投宿，所以不得不转到别的地方去了。"

"没有这回事！他们既和你说定在兰溪等我的，那么即使旅馆里容不下，也该在船上等着，等我来了再想办法，怎么会转到别的地方去？难道他们竟硬着心肠，抛下我这女儿不要了么？"梅宝说到这里，止不住掉下两颗泪珠儿来。

"这真是没奈何的事！你不见我刚才已把泊在岸边的船一起都问过了吗？哪里有你的爸和妈？也许他们在半路上出了什么岔子，没有到兰溪呢。"

梅宝一听得出了岔子的话，慌张得什么似的，急急地问道："殷先生，你想爸和妈在半路上也许会出岔子么？要是真的有什么三长两短，那更要急死我了。"

"梅小姐，你不要着急，我不过是胡乱地猜想，未必真有这回事。况且我说的是也许出什么岔子，并不是说什么乱子，岔子和乱子，大有轻重之别。譬如在这乱糟糟的逃难时光，水路上的船只比平常多了几十倍，前面是船，后面也是船，左面是船，右面也是船，挤呀挤的，直挤得个水泄不通，那么船就走得慢了，本来预算白天可到的，也许要挨延到晚上才到，这岂不是出了岔子么？"殷献仁说得头头是道，果然使梅宝的心放下了一半。

"但愿如此，要是今天晚上可到，那么明天一清早就可见到爸和妈了。"梅宝透着乐观的口气，不知不觉地向灯火点点的水面上望过去，希望一下子就望见了她爸和妈的船。

"梅小姐，你得镇定一些，不要望得太切。世间不论什么事情，望得太切了，也许会使你失望；要是随随便便的听其自然，到头来却如愿以偿，会使你喜出望外的。时光不早了，我们还没有吃夜饭，熬了这么大半天，大家肚子也饿了，船上没有什么东西好吃的，快快上岸去吃一些。"

"殷先生请便，我没见到爸和妈，再也吃不下什么东西！"

"梅小姐，饿着肚子是不行的。来来来，快跟我上岸去。"殷献仁说时，向船夫要了那只桅灯，照着船边上一条狭狭的跳板，一头是搁在岸上的。他分明不等梅宝再说什么，定要她上岸去。

梅宝虽说吃不下什么东西，其实肚子里空荡荡的，也确实有些饿了，于是不再说什么话，小心翼翼地走上了跳板。殷献仁在前面引路，一边嚷着："当心！当心！"一边伸手到后面来想搀梅宝一下，梅宝只装作没有瞧见，自管一步粘不开两步的慢慢地走。

本来像兰溪这种地方，并没有夜市的，可是沿江一带，常有船只往来，所以那些小商店、小饭店等，打烊的时间比较城里要迟一些。这两天因为从金华方面逃难来的人着实不少，所以更把打烊的时间延迟了，多做了好些买卖。殷献仁同梅宝上了岸，就在附近一家小饭店中找到了个座头，点了两菜一汤，吃起夜饭来。梅宝毕竟是个有心事的人，喉管里似乎有什么东西鲠着，心窝上也似乎有什么东西压着，只勉勉强强地吃了一小碗饭，就放下了筷子，再也吃不下去了。殷献仁的胃纳却特别的强，三碗饭一会儿已装下了肚子；连两个碟子里的菜，一个碗儿里的汤，也像风卷残云般一扫而光，这才得意洋洋地放下筷子来。

出了小饭店，殷献仁兴会淋漓，笑吟吟地向梅宝说道："梅小姐，我们吃饱了饭，合该消化一下，我伴你在这沿江一带的小市集上溜达溜达，看看夜景可好？"

"爸和妈不在这里，心里老是觉得空洞洞的，可没有这一股闲情逸致，我要回到船上去了。"

"你是一位十八九岁的大小姐了，可不是三岁小宝宝，怎么一步也离不开你的爸和妈？"

"殷先生，任你说我是三岁也好，两岁也好，我委实是一步也离不开爸和妈的。"

"这话不对，你既一步也离不开爸和妈，那么你住在学校中，为什么半个月一个月也不想回家呢？"殷献仁反驳着。

"那是为了要求学，不得不如此，要是不想求学的话，我简直一辈子不愿离开爸和妈呢。"

"这话又不对了。梅小姐，你不是已经订了婚么？到了出嫁的时候，你又怎么能不离开你的爸和妈，难道叫爸和妈陪着你一同出嫁么？呵呵呵呵！"殷献仁这一驳，自以为是得意之笔，一阵子格格碟碟地笑了起来。

梅宝听殷献仁这样肆无忌惮地说着，不由得恼了起来，连连地跺着脚道："这个你不用管，也轮不到你管！你要溜达，自管溜达去，我要回船去了。"说完，扭转身子向岸边跑去。

殷献仁见梅宝恼了，便诚惶诚恐地提着桅灯追上来，一面赔罪道："对不起！梅小姐，我因为见你没精打采的，老是不高兴，有意说一句玩话逗你笑的，却不道偏偏恼了你，真是该死！"说着，抄到了梅宝前面，把桅灯照着跳板，让梅宝跟着走，又一叠连声地嚷着："当心脚下！当心脚下！"直嚷到了船上。那两个船夫见他们已回了船，也就把跳板抽了。

这当儿船篷早已张好了，殷献仁便把那桅灯挂在中央，灯光一晃一晃的，照见梅宝仍是透着一脸的心事，待要向船板上坐下去时，殷献仁即忙赔着笑道："慢着，梅小姐，你坐了好半天，定然乏了，待我把你的铺盖打开来，铺好了被褥，你就坐在被窝里，可以舒服一些。倘要睡时，那么脱了衣服睡下去好了。"

梅宝不作声，只帮同殷献仁把自己的铺盖打了开来，把那粉红绸的被和白底印花的布褥子轻轻一抖，就有一股似兰非兰、似麝非麝的香气发散开来，大抵小姐们的被褥里往往有这股香气的。殷献仁把鼻子掀了一掀，待要说出"好香"两个字来，怕又恼了梅宝，急忙把这两个字咽了下去。

这时梅宝等殷献仁把那打铺盖的灰色毡毯铺好在船板上之后，也就不要他帮忙了，自管把那褥和被对摺起来，铺在毡毯上面，一头放了个白十字布挑红花的大枕头，随将身体躺到被褥上去，双手托着后脑门子，靠在枕头上，眼望着船篷外灯火闪闪的水面，和星光闪闪的天空，她的一颗心，早又飘飘荡荡地飘到她爸和妈的身上去了。

殷献仁偷偷地望了梅宝一眼，打开了他自己的铺盖，就着船篷里的那一头把被褥铺好了，却并不躺下去，盘膝坐在被褥上，抬眼呆望着那盏桅灯出神。

梅宝沉吟着，自言自语地道："我不知道爸和妈安着什么心眼儿？既然是一路上兰溪来的，为什么不到我的学校里来湾一湾，好接了我一同走。如今到了兰溪，两下见不到面，使人牵肠挂肚的，好生难受！"

"梅小姐，这个你可不能怪他们，他们带的东西多，船身又大，摇起来也就慢得多。你那学校所在偏又不是路过的地方，湾一湾就得好几十里路，那不如派我把小船来接了你直接上兰溪的好。他们的船开得早，不来湾学校也就可以早一些到兰溪了。这一把算盘，实在是打得不错的。"殷献仁说时，把五个指头在膝上弹了一下，做着打算盘的模样。

"你说什么废话！既然可以早一些到兰溪，他们现在在哪里？为什么我们到了好几个钟头，找遍了大小旅馆，还是见不到他们的面。"梅宝的声音中，包含着一股怒火，几乎要燃烧起来。

"这——这个我不知道，今晚上他们也许会来，且等明天早上再说。梅小姐，你辛苦了这一整天，太累了，还是早些儿安睡吧。"

"我不要睡，在这样举目无亲的地方，今晚上准睡不成的了。"

"晚上要是不好好地睡一觉，白天就打不起精神来。出门人别的不打紧，身体最要当心，梅小姐，你千万要保重身体啊。"

"爸和妈不知下落，我的心里好似怀着一个大疙瘩，任你是个贪睡的瞌睡鬼，也哪里会睡得熟呢？"

"梅小姐，古时节有二十四孝，你可以算得是第二十五孝了。像你这样一位念念不忘爸和妈的孝女，真是二十世纪所少见的。"殷献仁说这几句话时，似乎带一些讥讽的口气。

梅宝是个冰雪聪明的女孩子，怎么会听不出来，当下便勃然道："任你怎样地讥笑我，我也不在意的，爸和妈给予我的恩德太大了，我正恨自己不能做一个孝女报答他们。殷先生，你难道没有爸和妈的么？要是有的话，那么你就会知道爸和妈是值得敬爱的。"

"是啊，我是自幼儿就没有爸和妈的，仗着舅舅、舅母把我抚养长大起来，从没受过爸和妈的恩德，所以也不懂得什么叫作孝道了。"

"那就难怪你要讥笑我老是惦记着爸和妈了。殷先生，我真可怜见你，你怎么会自幼儿就没了爸和妈的！"

殷献仁听了这话，倒也引起了一些凄然之感，嘶哑着声音说道："梅小姐，我真是个苦命的孩子！据我舅舅说，我出世不过一年又四个月，爸和妈就同时染疫死了。我在这世界上既是这样孤单的一身，因此一切都无所谓，混到哪里是哪里。可是，梅小姐，你既有着爸和妈，那么你为了他们俩的份上，就该保重你的身体。现在时光不早了，快脱了外衣，睡到被窝里去，好好地睡一觉。"

"殷先生，不用管我，你自己要睡时，就自管安睡吧。"

"不，你不睡，我也是睡不成的。梅小姐，你快睡了下去，不要胡思乱想，乖乖地闭上了眼睛，嘴里默默地数着数目，从一二三四起数到一百二百，末了儿自会慢慢地睡熟了。"

　　梅宝见殷献仁这样地献着殷勤，也不忍再去抢白他，伸手把身底下的粉红绸被拉起了一角，盖在身上，随即闭上两眼将息着。殷献仁又挨延了一会儿，自管脱去了长衫，睡到他的被窝里去了。

　　可怜梅宝哪里睡得熟呢！她自有生以来，从没有在船上宿过夜，况且又在这样一个陌生的地方，四下里都是水，前后左右都是大大小小的船，船上都是些陌生的人；而自己这一艘小小的船里，除了那两个粗鲁的船夫外，脚边又躺着一个非亲非故的男子，虽然瞧他平日间的行为还算得少年老成，可是知人知面不知心，总觉得有些儿提心吊胆。要是有爸和妈在一起，那么一切都不同了，任是飘到天涯海角去，也可以放心托胆的，一觉睡到大天明。叵耐爸和妈不知道在哪里，累得自己孤零零的，真的好似孤雁落荒田咧。

　　夜渐渐地深了。岸上的灯火大半都熄灭了，整个的兰溪城，已深入了黑甜乡里。那许多船上的人声，也渐渐地静下去了，打鼾的声音，却此起彼落的，隐约可闻。江面上夜风起处，掀起了一阵阵微波细浪，舐着船头船尾，发出一些轻悄的汩汩之声，那船身也微微簸动着，好像一只摇篮似的。梅宝小时节躺在摇篮里，无忧无虑，只需摇动几下，就很容易的睡熟了。可是她今晚上睡在这大摇篮里，被重重心事煎熬着，老是翻来覆去的不能入睡。

那船尾上的两个船夫早就睡了，鼾声分外的响，连殷献仁也鼻息如雷，睡得甜甜的像一头死猪一般。只有梅宝还是精神抖擞，丝毫没有睡意，头脑中充满了杂乱的思想，千头万绪的理也理不清楚。她索性不想睡了，只是一时一刻一分一秒地等候着，耐心儿地等候天明。等候到天空中带来了一线曙光，也许会带来了她的一线希望，她可以到昨晚迟来的船上去找她的爸和妈，一艘一艘地找过去，说不定会欢天喜地的和他们俩见面了。

她仗着这一线希望，把她不安定的心安定了一些，船上没有钟，她也没有戴手表，不知道这是什么时候，又为的船篷两头的小板门都关上了，也望不见天色，便把自己头边的板拉开了一些，眼瞪瞪地向天空中望去。只见疏疏落落的星斗，伴着残月一钩，缀在铅灰色的天上，似乎不久就要天明了。

然而越是等候，时光似乎过得越慢。梅宝眼望着天空，脖子望得酸了，眼睛也望得涩了，才好容易望到铅灰色渐渐地泛出鱼肚白来，疏星和残月的光也渐渐地淡下去了。接着又不知挨过了多久，见星光和月光都隐去了，东方云端里，微微地吐出了一线曙光。多谢那些解事的公鸡，好像安慰梅宝似的喔喔地啼了，那沿岸大树上的宿鸟，也喁喁啾啾地叫了起来。

　　梅宝很兴奋地把那板门全都拉开了，揭去了盖在身上的被角，挺起了上半身，迎着晓风，长长地吐了一口气。她好生性急，恨不得立刻跳到别的船上去，找她的爸和妈。可是一眼望到后面密密层层的几十艘船，都还静悄悄的没有声息，分明人人都睡得很甜，大清早不便去打搅人家，只索把自己的急性按捺住了，再耐心儿等候下去。

　　直等到天色大明，太阳出来了。梅宝见自己船上的两个船夫已经起身，岸上和别的船上也有了人声，瞧殷献仁时，却还熟睡着没有醒来。她这时再也按捺不住了，伸过手去把他肩头一阵子摇撼着，连连喊道："殷先生，殷先生，快快起来，天已亮了好久，我要找我的爸和妈去了。"

殷献仁揉了揉倦眼，张开来向梅宝望了一下："梅小姐，忙什么！时光还早咧。"说着也就从被窝里坐了起来，披上了长衫。

"不早了，人家都已起身，找到了爸和妈，那么我也可以安心了。"梅宝恳切地说着。

"我也巴不得你早一些找到你的爸和妈，但是这时候有的人还睡着，你可不能把他们一个个从被窝里拉起来。再等一点钟，我一定陪同你去找就是了。"

梅宝听他说得不错，只得再把自己按捺下来。当下把她的小皮箱打开了，检出了毛巾、牙刷、肥皂、梳子等，等船夫打上洗脸水来，便草草地梳洗了一下，想走出船篷去，留心察看别的船上有没有人走到船面上来，也许事有凑巧，一下子就瞧见了她的爸和妈。

"且慢，梅小姐，早上寒风很重，当心着了凉。你的身上还是穿着昨天白天的衣服，快加上一件短大衣，再到船面上去。"

梅宝心中虽很憎厌殷献仁过分地讨好自己，但也不忍辜负他的一片好意，就把手头一件淡灰色的薄呢短大衣穿在身上，弯着腰钻出船篷，在船尾上站住了。

晓风习习，吹得她首如飞蓬，她把散发掠了一掠，抬眼向后面那些船上望去，见有的船面上有船夫在那里揩抹船板，或在生火煮早饭；有的船面上有男女船客在那里闲望，或在洗脸刷牙；可是瞧过去一张张都是陌生的脸，并不见她的爸和妈。

梅宝微感失望，急忙回头向船篷中嚷道："殷先生，你能不能陪我到那些船上找爸和妈去？"

"好，梅小姐，我陪你找去。不过在那些船上跨来跨去，千万要当心脚下，闹了乱子可不是玩！"殷献仁一边说，一边从船篷中钻了出来。

"我知道，平日间我在学校中原是跑呀跳呀运动惯了的，不像人家千金小姐那么寸步难行的样子。请你打头走，我跟着来，准不会闹出乱子来的。"

当下殷献仁做了开路先锋，先向近旁的一艘船上打了个招呼，就跨了过去。他一边在前面走，一边还不时地回过头来瞧梅宝，并且伸出一只胳膊来，好让梅宝在必要时搭一下。可是梅宝很轻灵，很矫捷，从这一艘船上跨到那一艘船上，一些没有困难，一面总是向每个船篷中张望，每一张脸都瞧得分明。亏得殷献仁做惯了跑街，会说会话，会敷衍人家，一路向人打招呼，赔不是，并且替梅宝说明了找寻父母的一番话，大家当然很表同情，没一个引起反感的。

可怜的梅宝！她在这好几十艘船上，像穿花蛱蝶似的穿来穿去，早累得头昏眼花，腰酸背痛了，然而结果是等于零。在这好多从金华来的男女船客中，哪里有她的爸和妈呢？休说没有她的爸和妈，就是连一个熟人都没有，要探问一下爸和妈的消息也无从问起。梅宝很失望地跟着殷献仁回到自己船上，不由得抽抽咽咽地哭了起来。

这凄楚的哭声，惊动了邻船上一位好事的老者，从船篷里探出头来望了一眼，然后慢慢地走到船头上，在一个铺盖上坐下了，一面擎着一枝长长的斑竹旱烟管抽着烟，一面好奇地问着梅宝："小姐，怎么一回事？"

梅宝泪眼婆娑地向那老者瞧了一下，却老是抽噎着，回不出话来。殷献仁是圆活不过的人，忙把梅宝寻亲不遇的话代答了。

"殷先生，爸和妈既没有到兰溪来，我们干么老守

　　　　　　　新秋海棠

在这里？还是立刻回金华找他们去。"梅宝在无可奈何中提出了这个主张。

"梅小姐，你回金华去不但危险，并且在那里也找不到他们，我不是早和你说他们在昨天早上就雇了船离开金华么？"殷献仁愁眉苦脸地回答着。

那老者吐出了一口烟，凑趣地说道："回金华去是一件危险的事，那边的风声紧得很，地方上秩序已乱了，整日整夜不断地爆炸，毁了不少屋子，城里十室九空，大家都在向西迁避，只有些穷苦人家没有能力的，还在那样硬挺。你们既好容易到了这里，哪有回去之理？"

"老先生，但我找不到爸和妈，老守在这里，待怎么处？"梅宝抹了抹眼泪，回了老者的话。

"那么你们可曾上岸去找过么？"老者问。

"昨天傍晚早把大小旅馆全都找过了，不料家家客满，也没有他们的踪影。据旅馆里的人说，所有城里的空屋子，也早在前二天租赁一空了。"殷献仁向老者说，"据我瞧来，他们也许为了这里没处可住，老住在船上也不是事，一定把船继续地向西摇去，到下一个大码头上去找旅馆了。"

八　茫茫四顾欲何之

"这倒难说，下一个大码头就是建德，你们何妨向西找去。我以为这里也不宜久留，今天早上，我们一家子也打算往建德去呢。"老者在旱烟管的烟雾濛濛中喷出了这几句话。

"老先生见多识广，说话是不会错的，我们吃一些早点，就把船摇往建德去吧。"殷献仁得意地说。

梅宝方寸已乱，说不出什么话来，只索听着殷献仁摆布。当下他就掏出钱钞，唤船夫上岸去买了些糕饼来，又沏了一壶茶，边吃边喝，津津有味，同时殷勤地劝梅宝吃，把糕饼直送到她的嘴边。可是梅宝哪里吃得下，勉强地吃了半个饼，就不吃了。

朝日曈昽，把一条秀丽的兰溪江映照得生气勃勃，但在这向西摇去的一艘小船中，偏坐着一个黛眉含愁粉腮带恨的小女子，她那满腔子冷冷清清凄凄惨惨戚戚的情绪，简直连这小船也被压得沉重起来。幸而这当儿风是顺的，水也是顺的，船上张起了布帆，在顺风顺水下加添了速率。那两个船夫休息了一夜，也分外的虎虎有生气，使这船好像在玻璃板上滑过去一般。

两岸的风景，被秋色渲染得十分美丽，随着船身的移动，变化多端，好像是四王笔下的青绿山水画屏，一扇又一扇的在变换着。叵耐梅宝老是含愁含恨的低头坐在那里，白白地辜负了这些好山好水，一些儿也没有放在眼里。殷献仁见梅宝这样的郁郁不乐，没法儿劝慰她，只索呆呆地坐着，也似乎引起了一重重的心事。

欸乃声中，那船摇呀摇的摇到了近午时分，虽说顺风顺水，使船夫们省力不少，然而摇了半天，也觉得乏了，并且肚子也饿了，于是在一个小镇的岸边停泊下来，开始生火煮饭。他们的伙食是很简单的，青菜豆腐，早在兰溪买好了。

殷献仁和梅宝一路上各自想着心事，已好久没开过口，说过话了。这时殷献仁便带着笑问道："梅小姐，你早上只吃了半个饼，可觉得肚子饿了么？趁船夫们吃饭的时间，我们就到岸上饭店里去吃些饭，吃过了饭，立刻开船，好早一些赶到建德，我们的希望，如今是在建德了。"

梅宝摇了摇头："我不想吃饭，早上虽只吃了半个饼，可是肚子里饱鼓鼓的，再也吃不下什么，殷先生，你自管去吃饭吧。"

"这样不吃东西是不行的，梅小姐，你既爱着你的爸和妈，就该为了他们俩保重你的自身，老是这么忧忧郁郁的，万一在路上病倒了，如何是好？"

梅宝叹了口气，便有气没力地站起身来。殷献仁忙唤船夫搁好了跳板，便一步三回头地领导梅宝走上岸去。

梅宝的吃饭，是等于虚应故事，那半碗饭粒粒好似铅珠一样，还是泡了汤，才吃下去的。殷献仁也似乎受了她的影响，胃口已没有昨晚上那么好了，吃了两碗饭，也就搁下了筷子。

不到一个钟点，那船就在两船夫通力合作之下开始摇出去了。殷献仁为了要使梅宝抛开心事破除寂寞起见，不像上半天那么闷坐着不开口了。他和梅宝坐在船头上，一路留心着风景，作为谈话的资料，看见了什么象形的山峦，就指点给梅宝瞧。

"梅小姐，你瞧，这一座山，不是像一头挺大的狮子么？前面恰好有一块浑圆的大石块，那就活像是狮子滚绣球了。"

"快瞧！快瞧！这一座山峰再像一位美人儿没有了。梅小姐，你瞧它顶上挂下许多藤萝，就好似披散着的一头青丝发，那圆的石块是头，两面削平的是肩，挺挺的是胸，弯弯的是腰，下面的石势瘦一些，那就代表两条腿了。她站在那里，仿佛在望着什么人似的，也许是在望她的情郎么？呵！呵！呵！"殷献仁口讲指画，还紧接上一阵子笑声。

梅宝仍然是心如乱麻，只敷衍着随便抬眼瞧一下，却始终不开口，不作声，倒像变作了春秋时代那位以不言闻名的息妫息夫人了。

偶然在山脚边瞧见了一艘渔船，船上装满着十多头长嘴的鹈鹕，有的却在浅滩上捕鱼。殷献仁一见，便又很高兴地唤梅宝瞧。

"梅小姐，你不见那些长嘴鸟么？这就是摸鱼公公。它们跳到水里去衔到了鱼，却并不吃下肚子去。你瞧你瞧！它们回到船上了，把那鱼从嘴里吐出来，让渔夫放进竹笼里去，这是怪好玩的。梅小姐，你以前曾瞧见过么？"

这个梅宝倒没有见过，她眼望着渔船上那些吐鱼的鹈鹕，不知不觉地发生了一些儿兴趣，那两道深锁着的愁眉，就略略开放了一下。

殷献仁见梅宝暂时展开了愁眉，正如在阴霾之天，忽然瞧见了一丝阳光一样，不由得兴高采烈起来。那时恰见一个山坳里泻下一道长长的瀑布来，他便又指点着对梅宝说："梅小姐，快瞧这一道瀑布，又长又大，又是白白的，在阳光下一闪一闪地泛出银光来，多么美丽！今年夏季里你是去玩过金华北山的，你瞧这瀑布比了冰壶洞里的水晶帘子怎么样？"

不提起冰壶洞犹可，一提起冰壶洞，就好似把整块儿的冰压在梅宝的心窝上，使她周身都冷了起来。她于是想起了那大可纪念的北山一日之游，想起了她那亲爱的表哥兼未婚夫罗少华，算来分别还不到三个月，不料自己如今会像浮萍般漂泊在外，连爸和妈都不知道在哪里，要和表哥握手重逢，那是益发的渺茫了。她想到这里，心如刀割，便哇的一声哭了，返身钻进船篷去，扑的倒在她的被褥上，不住地抽噎，顿使殷献仁怔住在船头上，不知怎生是好！

梅宝似睡非睡似醒非醒的不知挨过了多少时候，那咿咿哑哑的摇橹声，老是在耳边聒噪着，有时还听得过桥时船夫呐喊的声音，使她的心中烦躁不堪。

　　　　新秋海棠

这一天始终是顺风，船上的布帆，也始终没有卸下来，船夫并不休息，不停地摇着橹，船是去得再快也没有了。梅宝在被褥上躺了好久，觉得口苦舌干，便坐起来喝了一口茶，却一眼瞧见夜色迷茫，已钻进船篷来了。当下她听得殷献仁在问船夫："建德快到了么？"哑巴的船夫当然不作声，只听得那帮忙的船夫放声答道："快了快了，再过去三五里，就是建德了。"

梅宝听说三五里外就是建德，倒又兴奋起来，于是不再躺下去，眼瞪瞪地望着船篷外面，一颗心不知怎的，像卜郎鼓儿般老是擂着。这样挨过了半点多钟，前面灯火星星，已映进了她的眼帘。猛见船头上的殷献仁把头探进船篷来，连声欢呼着道："梅小姐！梅小姐！建德到了。"

船儿傍岸之后，梅宝怀着一腔热望，跟殷献仁上岸去，殷献仁把桅灯照着路，找到了近岸的一家大旅馆，先看旅客们题名的黑板，果然有三个姓吴的，于是央求账房中派人陪他们去瞧，无奈一瞧之下，全都不是的。回到账房中，问明了这建德城中一共有多少旅馆，便一家家的逐一找去。梅宝更把她爸的模样儿仔细说明，谁知都回说没有这样的人。费了两点多钟的工夫，好容易把所有大小旅馆都找到了，依然是无影无踪。

这一个打击可真大了，直把梅宝的心打成粉碎，她神昏颠倒地回到船上去，殷献仁一面安慰她，一面把桅灯照着她走上跳板。梅宝眼望着桅灯，灯光一晃一晃地映在水中，水中一晃一晃地放出一个光圈儿，光圈儿里一晃一晃地现出她爸和妈的两个脸庞来。梅宝低着头，痴痴地瞧着瞧着，她的身体却一晃一晃地摇摆起来。猛可里一声惨呼，又紧接上扑通一声，跳板上已没有了梅宝。那桅灯的黯淡的光，一晃一晃地照见船边涌起了一朵挺大的水花。

九　"我……我为的是爱……爱你！"

"不好了！不好了！有人落水了！"岸上有人呐喊着，船上也有人呐喊着，交织成一片乱糟糟的声音。

"快快救她！快快救她！"殷献仁着了慌，只直着嗓子，在那里干嚷。当下他索性伏在跳板上，伸直了两只手，向水面上乱抓乱撩，又一叠连声地喊道："梅小姐！梅小姐！你在哪里？"

一时岸边和船头聚集了不少人，十一二根篙子一齐伸到水里去，搅得水花溅溅，水声汤汤，可是白白地空搅了一阵，总也碰不到梅宝的身子。

如此梅宝就这样悄没声儿的死了么？不，决不，决不会死。她为了没有找到她的爸和妈，她不肯死；她为了爱她的表哥兼未婚夫罗少华，她不愿死；她为了前途有无限的希望，有重大的责任，她不能死。于是她在喝进了一口水身子向下沉一沉之后，就开始和死神搏斗起来。她挣扎着，没命地挣扎着，不知道哪里来的这么大的气力，竟把她的身子挣扎到了水面上，两只手一阵子地舞动，像人家游泳时划水一样，不多一会儿，她的一只右手不知不觉地却抓住了船舷，她知道这船舷就是她的生命线，于是更使足了她从来不曾有过的一股劲儿，抓得紧紧的死也不放。

殷献仁一见了船舷上突然的现出一只手，真个如获至宝一般，便没口子地嚷道："好了好了！她有救了！她有救了！"接着又向水中大喊道："梅小姐，你抓住了船舷不要放，我们来救你！"

船头的船夫抛下了篙子，正待去抓住梅宝的那只手时，可是梅宝毕竟在学校里练运动练惯了的，她的左手早也抓住了船舷，只把上半身用力向上腾挪了一下，整个儿身子便上了船，带起了一身的水，把船头全都打湿了。她忒楞楞地抖颤着，吐出了嘴里的余水，就忙不迭地钻到了船篷里去。

殷献仁见梅宝得了救，不由得长长地吐了一口气，忘其所以地想跟进船篷去，可是梅宝早把门板拉上了，一面嚷着："别进来！别进来！"一面把背心抵住了门，把湿衣裤全都脱去了，忙向皮箧中取了一块干毛巾，先绞干了头发，拭干了头面，再把上下身逐部地揩擦了一下，然后钻到她的被窝里去。

这到底是东篱菊绽的天气了，含着肃杀气氛。她受了惊，又受了寒，周身还兀自在那里抖颤，牙齿也在捉对儿厮打，于是重又从被窝中坐了起来，打开皮箧，检出一身白绒布的衬衫裤来穿上，上身再加上了一件绒线衫，才躺了去，把被窝裹得紧紧的，借此取暖。

正在这当儿，殷献仁在外面把手指弹着门板，低低地喊道："梅小姐，梅小姐，我可以进来了么？"梅宝答应了一声，那门板便拉开了，殷献仁双手端了一大一小两只青花粗瓷碗，伛偻着钻进船篷来，膝行到梅宝旁边，说道："梅小姐，这小碗中的是高粱酒，大碗中的是姜糖汤，你快快喝了下去，赶掉一些寒气。"

梅宝从枕头上抬起头来，向两只碗里瞧了一下道："我不会喝酒，还是喝这姜糖汤吧。"

"不，梅小姐，你多少总得喝一些酒，才能把寒气赶掉，单喝姜糖汤是不够的。"

梅宝眼瞧着殷献仁透着一脸子恳切的神情，便仰起脖子来，皱了皱眉头，勉强把那一小碗高粱酒喝了一半，正像喝药一般的难于下咽，接着再把那一大碗姜糖汤咕嘟咕嘟地喝了下去，虽是甜中带辣，却比较的可口多了。

"梅小姐，你喝了这个，再裹紧了被窝好好睡一会儿，出一身汗，包管你把寒气全都赶掉了。"

"殷先生，谢谢你！"梅宝见殷献仁这样的设想周到，便由衷地表示了她的感激。

"梅小姐，你怎么还谢我，这都是我的不是，刚才走上跳板时，没有当心好你。"

"这是我自己不小心，不知怎的，只觉得一阵子头晕眼花，就掉到了水里去，可不能编派你的不是啊。"

"总之，一切的一切，都是我的不是。梅小姐，你

182

还是睡一会儿养养神吧。"殷献仁说时，脸上流露出一种异样的神气，可是梅宝早已躺了下去，并没有瞧见。

她昨夜一夜没睡，今天既饱受了刺激，又落了水，身心都疲乏极了，头着在枕上，一会儿已鼻息呼呼，竟深入了黑甜乡。

"咦，奇了！这是什么地方啊？"梅宝嘴里咕哝着，忽在一面芙蓉镜里望见自己身穿五铢衣、簌蝶裙；头上梳着盘龙髻，插着碧玉簪、珊瑚钗，两个耳朵上还挂着两串长长的珠坠子，一闪一闪地发着亮，分明都是用夜明珠串成的。梅宝一面暗暗诧异，一面兀自对着镜子向自己上下打量着，记得先前瞧过戏院子里串演的《天女散花》一出戏，那个天女也正是这样的打扮，如此瞧来，自己分明已变成了天女了。

她抬眼更向四下里瞧时，却见这所在月牖云楣，瑶扉琼壁，白玉作柱，玳瑁为梁，所有一切器具陈饰，也全是珠镶玉嵌，金碧辉煌。这明明是一座壮丽的天官，绝不是人间所有的。她兀自纳罕着，想自己正躺在那艘小小的船上，平白地怎么会到这儿来的呢？

正在咄咄称怪，蓦听得一阵笙箫悠扬的声音，自远而近，右面一扇翠玉雕嵌的门开了，有十多个金童玉女，簇拥着一男一女两位仙人，冉冉地走了进来。梅宝定睛一看，不是她的爸和妈是谁？于是笑逐颜开地迎将上去，一边欢呼着道："爸！妈！孩儿从兰溪找到建德，正找得您俩好苦，怎么会在这儿的？难道是在做梦么？"

"傻孩子，你说什么呆话？我们本来在一起啊。"她的爸笑着回答。

"真的，这孩子越长越傻了，我们整日整夜地彼此厮守着，从没有分离过，什么兰溪啊，建德啊，做梦啊，全是一派胡话！"她的妈也这样数说着。

梅宝听了这些话，老是摸不着头脑，便呆呆地站在那里，停了好一会儿，才又好奇地问道："妈！那么这到底是什么地方，我们打扮得这样珠光宝气，好像是在串戏似的，又是什么一回事？"

她这么一说，她的爸和妈都放声大笑起来，真笑得梅宝莫名其妙，笑停之后，她的爸才答道："傻孩子，你瞧，我们一家子可不是快快活活地在天宫中享福么？这又哪里是串戏，你难道还不知道仙人原是这样打扮的么？"

"仙人！仙人！真叫人越弄越糊涂起来。爸，您是金华华钩百货商店的老板吴钩；妈，您是他老人家的太太罗湘绮；我，我是您俩的女儿吴梅影。大家明明都是凡人，怎么会脱胎换骨，变成仙人的呢？"梅宝切切实实地问着，定要打破这一个闷葫芦。

"我们挨了好多年的苦，受了好多年的磨折，如今一家团聚，苦尽甘来，自然变作仙人了。"她的爸得意地说。

"那么表哥他们又怎么样？如今是凡人呢，还是仙人？"梅宝急急地问。

"呵呵！女孩子有了夫家，就念念不忘她的未婚夫了。你可是怕自己做了仙人，你的未婚夫仍是凡人，就做不成夫妻了么？"她的妈打趣着。

梅宝绯红了脸，忸怩地说不出话来，只望着她的爸，希望有一个满意的答复。

她的爸微微一笑，拍着她的肩头道："孩子，你不要着慌！你表哥和舅舅、舅母一家三口，融融泄泄，也像我们一样是个快乐的家庭，所以他们也早已成了仙人了。不过我们这里是在三十三天，他们是在三十二天，相去只是一天之隔，我们只需驾着云辇下去，一会儿就可和他们见面了。"

梅宝听她爸这么一说，心头顿时一宽，觉得飘飘然的，真的有羽化登仙之概。她暗想表哥做了仙人，定然不能再穿西装，不知是怎样的一副打扮，多分也像八仙过海中的青年仙人韩湘子一般模样么？而舅舅的个子本来有些胖的，做了仙人，无忧无虑，不要更胖得像那挺胸凸肚的汉钟离了么？想到这里，不由得暗暗好笑起来。

"梅宝，你做了仙人，可觉得比凡人怎样，住在天上，比人间快乐么？"她的爸忽然问她。

"当然快乐，只要跟爸和妈在一起，不论做仙人，做凡人，在天上，在人间，都是快乐的。"

"恐怕单单跟爸和妈在一起，不够快乐吧，还得加上一个表哥，是不是？呵呵！"她的妈带着笑，又在打趣她了。

"妈，您怎么的，老是跟女儿开玩笑？"梅宝娇嗔着，忽然她好像想起了什么似的，向她的爸道："爸，但我做了仙人，还能照常念书么？要是不能念书，那我宁可不做仙人的。"

"怎么不能，那边有一座阆苑，就是仙女们念书的地方。你只要跨在青鸾背上，沿着天河飞过去，一会儿就可到了。"她的爸指着云母窗外远远地矗立在五色祥云中的一座金碧楼台。

"那好极了！爸，妈，回头见，女儿要念书去了。"梅宝兴奋已极，立时跳跳纵纵地赶出翠玉门去，却见一头青鸾已候在门外，刚跨上了背，它就腾云驾雾地沿着天河飞去了。

天上是没有日历，也没有时钟的。梅宝在阆苑中高高兴兴地念书，也不知过了多少时候，这一片祥和恬静的太空中，蓦地掀起了一阵沸反盈天的大雷雨，日月星辰，全都暗淡无光，变作黑魆魆地。梅宝从阆苑中望过来，已不见了她爸和妈的所在。她彷徨着，焦急着，不知道怎样才好。蓦然之间，却来了一个魔鬼，悄悄地对她说："你的爸和妈唤我来接引你，快跟着我来！"梅宝并不知道他是魔鬼，瞧他的模样儿很有些儿像殷献仁，就跟着他走了。

走，走，走，日日夜夜地走，走过了好多地方，却兀自不见她的爸和妈。她哭着，喊着，在暗中摸索着，苦痛得什么似的，不料走到一个所在，猛可地从斜刺里跳出一头猛虎，张牙舞爪地向她身上直扑过来。她大吃一惊，没命地猛叫了一声，就这样把她自己叫醒了。原来是一场梦！一场奇怪的梦！

她虽从这奇怪的梦境里醒了回来，可是一颗心还是别别别地乱跳着。她张大了两眼向四下里瞧时，见自己仍在小船中，而在船篷入口处的门板旁边，多了一只煤球炉子，炉火熊熊地燃烧着，使船篷里平添了几分暖气。殷献仁正坐在炉边，把她的湿衣在翻来覆去地烘着，似乎还不觉得梅宝已醒回来了。

"谢谢你，殷先生，你真想得周到，我倒没有想到这个。"

"梅小姐，我们自家人，请你不要这样客气，凡是你的事，我是件件都放在心上的。这一回你匆促动身，所带的衣服不多，如今把这些湿衣烘干了之后，明天要是有太阳，再晒上一晒，那就可以穿了。"

"殷先生，你安着这一片好心，处处照顾着我，真使我感激得很！将来我爸和妈知道了，也一定会重重谢你。"梅宝天真无邪的心中，感觉到殷献仁真是一个再好没有的好人。

殷献仁听了梅宝这番感激的话，不知怎的，忽然微微叹了口气，回过脸来瞧着她说道："请不要这般说吧，我听了，老是觉得惭愧！唉！梅小姐，你还不知道我的心，只要你不当我是一个十分坏的坏人，那就好了。"

"我虽然不懂得什么，可也不是一个不知好歹的人，怎么会当你是坏人呢？"梅宝恳切地说，接着她却又想起了那个奇怪的梦，"殷先生，我刚才睡熟之后，做了一个又可怪又可怕的梦，至今这颗心还没有跳停呢。"当下她就把梦中所见的，好像说故事般一一向殷献仁说了。

"俗语说得好：'日有所思，夜有所梦。'只为你白天想你的爸和妈太切了，才会做这样的梦，梅小姐，你不用再去想它了。至于猛虎扑到你身上的话，更不必相信，一路上太太平平的，哪里会有猛虎出现，即使有猛虎要来害你时，我也得拼着这条命打退它，把你搭救下来。梅小姐，你尽管放下一百个心吧。"

梅宝听他这么一说，便不言语了，眼望着那绯红的炉火，心里倒似乎安定了一些，只觉得四肢无力，周身疲乏得很，也就懒得再坐起身来。殷献仁虽殷勤地问她要吃什么东西，她只是摇头，连口也懒得开，这样不知挨过了多久，她又迷迷糊糊地睡着了。

第二天一清早晨光熹微中，梅宝还没有醒，船夫依着殷献仁的吩咐，继续地把船向西摇去，到得梅宝醒回来时，已离开建德十多里了。她见殷献仁已不在船篷里，拉开头边门板一望，见天气阴沉沉的，像要下雨的样子，一阵晓风劈面袭来，连连打了两个寒噤，身上冷得好像浸在水里一样，忙把门板依旧拉上了。不知怎的，觉得口苦舌干，鼻管里热烘烘的，一摸头上，也分外的灼热，分明是在发烧了。

殷献仁在船头上听得船篷里有了声响，就拉开了门板捧了一面盆的热水钻进来了，笑吟吟地说道："梅小姐，我刚才醒来时，见你睡得很香，不敢惊动你，所以一起身，就到船头上去了。这里有热水，你且洗一洗脸吧。"

梅宝谢了一声，从旁边取了一块毛巾浸在面盆里，就草草地洗了脸。她见船正摇向前去，忙道："怎么，船又开了么？我们上哪里去？"

"这有什么办法！我们只得向西摇上去，可也说不

190 　　　　　　　新秋海棠

出哪里是目的地啊。"

"既没有目的地，难道不能摇回金华去么？谢谢你，殷先生，你还是伴我回金华去找爸和妈！"梅宝抬眼望着殷献仁，满脸透着乞怜的神情。

"我们只有摇前去，绝没有摇回去的道理，梅小姐，你不见么？"殷献仁把梅宝那一头的门板拉开了一些，指着后面烟雨迷濛中的许多船只，"从后面开上来的船越来越多，足见那方面的情形越发吃紧，恐怕不但回不得金华，连兰溪也不能去咧。"

"那么我们的船这样无目的地向前摇去，摇到哪里才停？又向哪里去找爸和妈？"梅宝苦着脸问。

"那只能碰运气了！我们且等着瞧这船靠近哪一个码头时，就上那一个码头去找，一路上更留心前前后后的船，一艘也不要漏掉，也许皇天不负苦心人，给你在无意中找到了你的爸和妈。"

梅宝低头无语，一会儿才又泪眼汪汪地抬起脸来道："殷先生，这简直是好似向大海里去捞针一般，哪有多大的希望！况且我又病了。"

"怎么说？梅小姐，你病了！"殷献仁蓦地吃了一惊。

"是啊！我周身都在发烧，也许为的昨天落了水，我这身体熬不起苦，就给病魔缠上了。"

殷献仁伸手过去，想摸一摸梅宝的额，可是梅宝把她的头侧了一侧，却躲开了。没奈何，他只得缩回了手，很焦虑地说："这怎么办！这怎么办！路上害了病，既没有大夫又没有药，那真要生生地急死我了。梅小姐，你快快躺下去，把被窝裹紧了，再盖上了我的被，暖暖和和地睡一会儿，昨晚上买的姜还剩下一些，待我去煎一碗姜汤来，趁热喝了，出一身汗发散发散，也许会把热度打退的。"

梅宝微叹一声，躺了下去，把被窝裹一裹紧。殷献仁连忙拉了自己的一条棉被盖在上面，索性把昨晚烘干了的几件衣服和短大衣也一股脑儿堆上去了。

一刻钟后，殷献仁已把一大碗热气腾腾的姜汤端进来了。梅宝喝过之后，忙把被窝裹紧了全身，希望出一身大汗，使热度快快退去，把病魔快快打退。目前第一要着，总须恢复了健康，才可继续地找她的爸和妈。

雨淅淅沥沥地下来了。雨点打在船篷的头上，真好似一滴滴打在梅宝的心坎上，更增加了无限的烦闷。她的头又涔涔作痛起来，无论侧躺、仰躺，都觉得没个安放处，料知自己这一遭已落在病魔的魔手中了。喝了姜汤，虽曾出过一些汗，减退一些热，可是不到半个钟点，热度早又升高了。

殷献仁呆坐在船篷的入口处，眼睁睁地瞧着梅宝这一边，似乎在等候她不药而愈的好消息。

"梅小姐，你喝过了姜汤，觉得怎么样？热度已退去了么？"

梅宝正没好气，就立时怒冲冲地答道："姜汤又不是什么仙丹灵药，一喝就会好么？"

"梅小姐，求你不要生气，我知道你不会有什么大病的，只因昨晚落水受了凉，才发起烧来，这不过是感冒罢了，只要好好地躺一天，包管你明天就不觉得什么咧。"殷献仁安慰她说。

"不要絮聒！我的头在痛，心中也厌烦得很。最好让我一个人静一下子，你到船头上去。"梅宝不耐烦地挥了挥手。

"梅小姐，请你原谅！此刻正在下雨，船头上全已淋湿了。"

"那么请你不要开口，再开口，我要呕出来咧。"

"是是是！我决不开口就是。"殷献仁愁眉苦脸地坐在那里，再也不敢开口，活像是一头觳觫之羊。

船夫们摇船摇得乏了，在一个小村落前靠了岸。岸边几株乌桕树，桕子已熟了，沐着雨，衬着疏疏的红叶，分外美丽。

"梅小姐，我上岸去瞧瞧，有没有大夫，倘有大夫时，我立时请他来给你看看脉。"殷献仁打破了船篷里岑寂的空气。

"不用找大夫，倒是找我的爸和妈要紧，让我自己上岸去。"梅宝边说边拉开了被窝的一角。

"不行不行，梅小姐，你正在发烧，怎么能出去？我上了岸，当然先要找你的爸和妈。你放心，我要是瞧见了他们俩，不给你知道，我可对得起我自己的良心么？"殷献仁说着，指了指自己的心。

梅宝从被窝中撑起了半身，可是头痛如劈，实在挣扎不起来，只索重又躺下了。

殷献仁冒雨上岸，去了不到半小时，就垂头丧气地踅回来，手里拿了一只小碗，盛着几块乳腐，和一些酱菜。

"怎么样，怎么样？殷先生，你可找到我的爸和妈么？"梅宝抬起了半个头，急急地问。

"没有啊！这里是一个小村子，并没外来的客人，连找一个大夫也找不到，我只买到了一些下粥的菜，梅小姐，你已有两顿没吃东西了，停会儿吃一些粥吧。"

梅宝抹了抹眼角上涌起来的泪珠儿，就不则一声地把她的头钻到被窝里去了。

雨已住了，船又摇过了几十里路，曾有两次又靠过岸，殷献仁照例地上岸去走遭，可是依然垂头丧气地踅回来。梅宝料知要找到她的爸和妈，已没有多大的希望，除了独自暗暗淌泪外，只得死心塌地的听天由命了。

向晚时雨过天晴，船儿傍着一个大镇停泊下来，听得船艄上的船夫在喊道："洪镇到了！"

梅宝因了殷献仁的苦心相劝，曾勉强地吃了半碗薄粥，又喝下了一碗沸热的姜汤，可是头痛依然，热度也丝毫没有减退。此刻听得到了一个大码头，预料也未必能找到她的爸和妈，所以并不觉得兴奋，仍是静静地躺着。

"梅小姐，这里是一个大镇，不比是先前的小村子了，我且上岸去瞧瞧，能找到了你的爸和妈果然再好没有，不然的话，就是找到一位大夫也是好的。你的病总得诊治一下，治好了我才放心，决不能听其自然，更害苦了你。"殷献仁说完，就拉开门板赶上船头，接着忙又把那门板拉上了，船夫早把跳板搁好，他便三脚两步地上岸去了。

半小时后，殷献仁伴着一位中年人匆匆地回上船来，直引到梅宝的身旁，柔声地说："梅小姐，这一位洪大夫，是这里洪镇上数一数二的名医，我请他来给你看看脉。"

梅宝抬起头来，对那洪大夫点了点头，说一声："洪大夫费心了。"那大夫给梅宝把了脉，看了舌苔，说是很厉害的感冒，热度要是加上去，也许有变作伤寒可能，这绝不是一二剂药所能治好的。躺在船上不是事，最好能找一家客店住下来，治好了病方能赶路。殷献仁当然诺诺连声地称是，梅宝也抱了赶快打退病魔的决心，立刻赞同了洪大夫的建议。

仗着洪大夫的推荐，把梅宝移到了市梢一所清静的客店中，在一间宽大的双铺房间里住下了。窗内可以瞧到一带青山，窗下又绕着一湾绿水，倒是一个挺好的养病的所在。

这一晚梅宝虽服了药，可是热度已达到了最高点，一时不易打退，她的头又痛得像要爆裂开来，不住地在被窝里哼哼唧唧地呻吟着。殷献仁厮守在病榻之旁，急得没了主意。

夜半，梅宝两颊烧得通红，呻吟转侧，分外的可怜，嘴里不是喊爸，便是喊妈的喊个不了。末后呻吟稍住，神志迷糊，似乎是沉沉入睡了，一会儿却又霍地坐了起来，双手乱舞，两眼直瞪地惊呼着道："呀，猛虎来了！爸爸救我！妈妈救我！"

殷献仁瞧她这样的胡言乱语，直慌张得手足无措，忙把她先扶倒在床上，盖好了被窝，然后把毛巾浸了些冷水，罨在她的额上，过了一会儿，才渐渐地静止了。

"我害苦了她！我害苦了她！"殷献仁喃喃地自言自语着，老是在病榻旁踱来踱去，直踱到了天明。

天明之后，他忙去瞧洪大夫，洪大夫安慰着他，说这是不打紧的，单凭这剂药的力量，原打不退那么高的热度，急切间可也不能就用重药，得慢慢儿地来，一星期后，包管她药到病除就是了。这一天洪大夫给梅宝服了一剂安神的药，到晚上果然能安眠了，殷献仁趁这机会，也就睡了一觉。

一连三天，洪大夫的药便见了效，梅宝头痛已去了一半，热度也逐渐减退，每天已能在床上起坐一会儿，并且每餐也能吃半碗粥了。殷献仁日夜地侍奉汤药，寸步不离，形容却憔悴了不少。

到第六天上，梅宝的热度全已退尽了，顿时头也不痛了，开始踏上了恢复健康之路。大抵人在病后，自然而然地会高兴起来，即使平日是个悲观主义者，也会一变而成乐观的人。那时梅宝靠着枕头坐在床上，微笑着对殷献仁说道："殷先生，这几天难为你做了一名男看护，真辛苦你了。将来爸妈跟表哥知道了这回事，也要感激不尽呢。"

'梅小姐，请你不要再说这些感激的话，你多说一句，使我良心上多添一分痛苦。只要你知道我的真心实意，不把我当作坏人看待，对于我表示一些亲切之感，那我就满足了。"殷献仁说时，眼望着梅宝的脸，似乎有一种似饥如渴的神情。

"我不明白你的话，你原是一个好心眼儿的人，不但我知道，就是我的爸和妈也知道，怎么会把你当作坏人看待呢！"

殷献仁沉吟了半晌，似乎有什么话要说，却又不敢出口的样子，末后才吞吞吐吐地说道："梅小姐，你……你怎么说来说去，总是三句不离爸和妈，难道没有了爸和妈，就不能生活了么？我以为此去即使找不到他们俩，我……我也可以一辈子伺候你的。"

"爸和妈跟我三个人，简直是书本子里所说的三位一体，没有了他们，我就不愿再活下去，况且还有我的表哥，我既已许配了他，生是罗家的人，死是罗家的鬼了。不论以后怎样千辛万苦，我非找到他们不可！"梅宝说到这里，一脸子现出激昂慷慨之色。

"那……那么你打算怎样呢？"殷献仁嗫嚅地问。

"我已打定主意了，明天我们仍向原路上退回去，也许他们当时出了什么岔子，落在我们的后面，此刻退回去时，便恰好碰个正着。万一碰不到，那是天命，还有什么话说。殷先生，你能不能依我的话？要是再这样无目的的只管向前赶，万一遇了什么意外，那我一辈子要怨恨你的。"

殷献仁低头思索了一下，便叹一口气站起身来道："唉！人世间任何事情，要是给老天爷安排定了，再也勉强不来的。梅小姐，依你依你，我们准这么办！不过病后总得休息一天，你也该依我的话，到后天方始动身。"

梅宝听他言之有理，也只得依从了。午饭时分，她居然吃了半碗饭，不知怎的，觉得精神一振，身子也硬朗了不少。

第二天梅宝已起床了，把那些从船上搬上来的行李箱篓等整理了一下，做动身的准备。午饭后在客店门前小立了一会儿，虽觉腰脚还没有多大劲儿，可是也不觉得乏，不过抬头望望青山，低头看看绿水，似乎与先前在学校门前所见的青山绿水很为相像，只因处境不同，百感交集，真的是不堪回首了。这一天殷献仁也仿佛变了一个人，老是呆呆木木的，不大开口。梅宝有时和他说话，也答非所问，分明有什么不可告人的隐情，重重地压在他的心上。

一天的光阴，很容易地消磨过去了，梅宝因为决定了明天清早就要动身，吃过了夜饭，提早睡觉，殷献仁也悄没声儿地睡了。夜深人静时，忽然枪声四起，人声嘈杂，把他们从睡梦中惊醒过来。急忙披衣起床，赶到窗前一瞧，却见下面都是火把，照得满街通红了。那些擎着火把的全是短衣窄袖的汉子，有的还拿着刀，拿着枪，一脸子杀气腾腾，在分头打开店铺子和住户的大门。

　　殷献仁情知不妙，吓得满身打颤，忔楞楞地嚷着："土匪！土匪！"一面拉了梅宝跑下楼去，客店中所有客人，全起来了，闹嚷嚷的预备逃命。谁知正在这当儿，轰的一声，大门已被打开了，闯进十多个大汉来，明晃晃的刀光，映着火把，耀得人眼花缭乱，吆喝的声音，和妇孺们的哭喊声闹成一片。

　　大汉们喝住了那好几十个男女客人，唤他们排好了队，就开始搜索起来。殷献仁首当其冲，内外的衣服全被拉开了，把几只衣袋都翻了个身，可是他的钱都藏在衣箱里，身上只有十多张作零用的十元纸币。他们似乎不满意，逼问着其他的钱钞藏在哪里，殷献仁兀自抖颤，作声不得。旁边有一个汉子，却将火把凑近了梅宝的脸一照，放出夜猫子似的声音来道："这女娘儿出落得怪俊的，倒是一注财香，待我先来抓她回去！"说时，丢下火把，双手抱起了梅宝，一旋身就向大门口赶去。梅宝一面哭嚷，一面挣扎，可是哪里挣扎得掉。

"不行不行！你们不能抓她去！你们不能抓她去！她有着爸和妈，我要还给她的爸和妈去！"殷献仁边嚷边追赶着，直追到门外大街上，抓住了梅宝的一只脚死不放。

那汉子怒从心起，猛可地腾出一只手来，向腰带里拔出一枝长柄的手枪，回头就放，只听得砰的一声，殷献仁立时跌倒了。梅宝也趁这当儿挣脱了身，跳下地来，扑倒在殷献仁的身上，只见他满头是汗，满脸是泪，满胸脯是血。他仰起了头，力竭声嘶地说道："梅小姐！我……我不成了！一……一切……都请你……你原谅！可……可不要怨我！"

梅宝早已惊疯了，一面号啕着，一面使劲儿摇撼着殷献仁的身子。殷献仁紧紧地抓住了梅宝的手，挣扎着吐出最后一丝微弱的声音来道："我……我为的是爱……爱你！"

新秋海棠

十　虎穴中

　　梅宝失魂落魄似的从殷献仁的尸体旁边跳了起来，两手沾满了惨红的血，十分可怕！她呆了一呆，一时没了主意，却不道一只铁钳似的魔手，已着到了她的肩上，把她紧紧地抓住了。她回头一看，可不是那开枪击死殷献仁的青年土匪是谁！料知自己一落到了这魔鬼的手掌之中，准没有命，于是使尽了平生之力，没命地一挣，居然给她挣脱了，便立时沿着那一湾绿水，飞一般地落荒而走。

"呔，小蹄子！跑到哪里去？看你逃得出咱老子的手！"

那青年土匪擎着火把，洒开脚步，追随在梅宝的后面。一面追，一面嘻嘻哈哈地笑，好像要追赶到她，是不费什么吹灰之力的。

梅宝在学校里原是跑跑跳跳惯了的，在运动会中赛跑起来，总得列在第二三名，可是如今正在病后，身体还没有完全复原，跑急了，两条腿兀自酸溜溜的。不过虎狼在后，有关性命出入，不得不强撑着赶上前去。赶了一会儿，回过头去瞧时，却见和那土匪已隔开了两丈多路，心里稍稍安定一些，两腿更不敢懈怠，还是一步紧一步地飞奔着，真的怪她妈生下她时，何不给她多生两条腿？

那土匪哪里肯放松，瞧她跑得快时，他也提起了两条飞毛腿，追赶得快了一些，口中还在嚷着："小蹄子，慢慢地跑！要是跌跤了摔断了腿，变作一个女铁拐，可不是玩，咱老子要心痛的。"

到得梅宝跑乏了，放慢了脚步，他就哼着戏词，索性踱起方步来。他似乎并不要急急地抓住她，只是保持着二丈多路的距离，遥遥地追随着，以为多早晚总是要掉在他手掌之中的。这正好似猫儿捉到了耗子，并不急于大嚼，还要把它戏弄一会儿。

可怜梅宝毕竟是个弱女子，并没有持久的长力的，何况又是病后之身，哪里经得起这样的磨折！她跑了这么二三里路，早已跑得满头大汗，上气不接下气的，不住地喘息。末了儿跑到一带荆棘丛中，觉得眼前金星乱迸，耳中轰轰地作响，猛可里一个天旋地转，就扑地跌倒在地，晕厥了。

不知经过了多少时候，她悠悠地苏醒回来，却见一灯如豆，照着自己正躺在一张矮矮的小木床上，一股浓重的霉气息，直刺到鼻管里去，不但是身上盖着的那条硬硬的紫花布棉被有这气息，似乎这一间屋子里都在发霉，多分是密不通风，一向空关着的。

"好了好了！大姑娘醒回来了！"一个粗鲁的老枭子似的声音，从离床不远的所在发了出来。

梅宝冷不防有人说话，微微一惊，急忙抬眼瞧时，却见床头阴影中，站起一个粗眉大眼满脸横肉的中年婆子来，身穿蓝布大褂，腰间束着一条粗粗的黑布腰带，左面插着一柄亮晃晃的快刀，右面插着一柄长长的手枪，杀气腾腾的好不可怕！

"你！你！你是谁？"梅宝抖颤着声音问，两眼低垂着，几乎不敢对她的脸上瞧。

"我么？我是这里当家的头儿，人称雌老虎陈大妈的便是。"老枭子又在叫了。

"陈大妈，这……这里到底是什么地方？"

"这还用问么？这是我的家，叫作陈家寨，人家却唤作强盗寨。是啊！我们这伙人都是强盗，打家劫舍就是我们的营生。我的手下一共有一百二十个喽啰，个个都是吃着豹子胆的杀人不眨眼的好汉。"那婆子擎起右手，翘着一个大拇指，那张横肉脸上透出骄气十足的神情。

梅宝从眼角上偷瞧了她一下，怯生生地说："我……我是一个小女子，既不会弄刀枪，也不会杀人，你们抓我到这里来有什么用？"

"大姑娘，这也是你的造化，只为你长得俊，我的儿子小老虎瞧上了你，要你来做他的媳妇儿的。你一做

206

了他的媳妇儿，那么也就是陈家寨的小当家了。"陈大妈边说，边裂开了嘴笑着。

"做当家的也得有做当家的能耐，我是一个一些儿没有用的小女孩子，一向在学校里念念书，实在是当不来家的。陈大妈，我求求你，还是放我去吧！我的爸和妈正在家里等着我！"梅宝泪眼婆娑地向那婆子哀求着，想打动她的心。

陈大妈把那蒲扇般的大巴掌向腰间的手枪上拍了一下，鼻子里又哼了一声道："哼！你要去就放你去，世上有这样便当的事情么？大姑娘，老实和你说，这里周围三百里内有一句俗话，叫作：'一进陈家寨，来得去不得！'何况你又是我们小老虎亲自带进来的，更是来得去不得了。"

梅宝一听了这话，心中好生着急，不由得抽抽咽咽地哭起来了，一把眼泪一把鼻涕的，把那粗白布的枕头套沾湿了一大块。

"唔，唔，唔！我的好姑娘，你不要装腔作势地尽着哭，老娘是天生就一副铁打的心肠，任你眼睛里哭出血来，可也打不动我的心！"陈大妈冷冷地说，她那声音中的一股冷气，直冷到了梅宝的心。

她呜咽了一会儿，知道尽着哭是没有用的，还得尽她最大的努力，于是抹一抹眼泪，从枕头上抬起头来向着陈大妈道："大妈，你也是生男育女，做人家母亲的，你总得知道天下父母的心，他们不见了亲骨血的女儿，是怎样的牵肠挂肚，按捺不下！我的爸和妈单单生我一个，平日间疼得我什么似的，直把我瞧得比他们俩的性命还重。你们要是把我一个人磨折死了，算不了一回事，可是他们两位老人家也准是活不成的了。大妈，好大妈！求你发发慈悲心，放走了我，那不但救了我一条小性命，也救了我爸和妈的两条老命。你这好事做得大了，老天爷是生着眼睛的，准会保佑你和你的儿子！"

陈大妈听了这一番宛转动听的话，仿佛把她那副铁打的心肠搁到了一只洪炉上去，有些儿软化起来，不由得搔了搔头皮，把两只络满着红丝的眼睛瞅着梅宝，从两片猪肝色的厚嘴唇里吐出缓和的声音来道："瞧不出你这小小姑娘倒生着一副伶牙俐齿，怪会说话的。可是我一个人也做不了主，且等我儿子回来了再说。此刻我要到外边瞧瞧去，你且乖乖地躺一会儿，天快要亮了，他们也该回来了。"说着，三脚两步地走到一扇小门旁边，开了门踅了出去，梅宝侧耳听时，只听得一阵窸窣之声，知道这门已给反锁上了。

她仰躺在床上，定了定神，暗想自己既已落在虎穴之中，未来的运命，可以预测得到，不是屈服便是死。但是屈服既非所愿，死也有所不甘，算来三十六着走为上着，总得设法脱身才是。现在趁那些喽罗们还没有回来，寨里一定没有多少人，这倒是一个脱身的好机会。事不宜迟，非立刻设法不可。她想到这里，就从床上一跃而起，赶到门前，先把那门试推一下，果然是给那陈大妈反锁上了，白木的板门足有三寸多厚，推上去结结实实的一动都不动。唯一的出路，还是找一扇窗子吧，可是向四下里瞧时，只见四堵黑魆魆的泥墙，似乎在向人扮着鬼脸，墙上竟连一扇小窗都没有。当头顶倒有一扇小小的天窗，开在屋顶上，既不装玻璃，也没有蛎壳，这当儿正在透着天明时的一片鱼肚白色，照见一个胡桃般大的蜘蛛，在当窗结网，也好像在向自己示威的模样。

梅宝看那天窗和自己的距离，足有一丈半光景，即使把那床前的小桌子垫着脚，也还是高不可攀，自己可又没有飞檐走壁的本领，待怎样腾身而上，逃将出去呢？她也不肯轻易为失望所屈服，束手待毙，想从无办法中找出一个办法来，低头一看，瞥见小桌子旁正放着一只矮方凳，就是陈大妈刚才坐过的，如今不妨利用它一下，且试一试也好。她于是把那小桌子移在天窗之下，再把矮方凳放在上面，然后轻轻地爬上桌子，踏在凳上，跂起了脚尖，伸直了两臂，向那天窗口探去。叵耐任她怎样的延颈企踵，相去还在五尺左右，费长房有缩地之方，她却没法儿缩去这五尺的距离，而身体在那凳上一晃一晃的，险些儿跌了下来。

"此天之亡我，非战之罪也！"在学校中国文课上读过的《项籍本纪》里项王自刎乌江时的一声悲叹，浮上了梅宝的心头。她只索长叹一声，从凳上跳下桌子，又从桌子上跳下地来。

她回到床边，在床沿上坐下，扶着头苦想怎样可以脱身，她还是不肯轻易为失望所屈服，还是不肯束手待毙，还是想从无办法中找出一个办法来。

"难之一字，惟愚人之字典中有之。""天下无难事，只怕有心人。"这一句拿破仑的格言，一句口头相传的俗

　　　　　　新秋海棠

语，又浮上了梅宝的心头，使她重新振作了精神，把她沉着的头抬了起来，又抬眼向天窗望去。恰见那只大蜘蛛从网的中心吊了下来，一会儿晃一晃身子，又吊上去了。她瞧了，心中怦的一动，暗想蜘蛛能吊上去，我难道不能照样地吊上去么？蜘蛛有丝，我只需用一条绳子好了。单有一条绳子还不行，更需要一根木棒，将绳子系在木棒上，一面仍像刚才那么把桌子和矮凳垫了脚，随将木棒抛出天窗去，只需木棒的两头搁住在窗框子上，那么自己就可在绳子上吊上去了。

梅宝想到这里，喜心翻倒，立刻从床沿上直竖地竖起身来，满地里找绳子和木棒。然而找遍了整间的屋子，又哪里有什么绳子和木棒呢！正在没做理会处，蓦听得门外闹盈盈的，人声嘈杂，一会儿这边门上也起了一阵窸窣之声，知道有人来了，连忙把桌子和矮凳移在原处，自己也跳上床去，把被儿蒙着头，假装睡着了。

门呀的开了，陈大妈和她的儿子小老虎一先一后趱将进来，娘儿俩眉飞色舞，一脸子透着很得意的神情。

"妈，孩儿第一回出马领头，果然旗开得胜，大大地发了利市回来。这小蹄子是孩儿一眼瞧上了的，你合该赏给孩儿做媳妇儿了。"小老虎兴兴头头地说着。

"这有什么说的，她当然是你的人喽。她那鹅蛋儿似的脸蛋子，就是为娘的瞧了，也觉得很合适，早就想给你攀上这门现成的亲事了。可是我刚才好好地替你说亲，她并没答允，老是哭哭啼啼地央求我放她回去，又拉扯上了爸啊妈啊那一套话，说得怪可怜见的。看来凭着为娘的这一张嘴来说，准没有用，还是你自己来向她求亲吧。"

"妈，求亲是怎样求法的？孩儿可从没有干过这事啊！"小老虎搔着他那头乱蓬蓬的头发，踌躇着说。

"谁知道来！你爸当初也并没有向我求过亲呢。"陈大妈挥了挥手，尴尬着脸这么说。

"也罢，让我来试一下子再说。"小老虎边说边踅到床前，向那蒙在被里的梅宝嚷着，"姑娘……姑娘，我……我向你求亲来了。"

梅宝老是蒙在被窝里装假睡，给他个不瞅不睬。

蓦然之间，那被窝刷地给小老虎揭开了，伸着双手，把梅宝躺着不动的身子一阵子推。梅宝的假睡可装不成了，假意打了个呵欠，假意撑开眼来，向小老虎瞅了一下。

"姑……姑娘，我……我向你求亲来了。"

"你说什么？我不懂你的话。"梅宝说着，翻一个身，向里床睡了。

小老虎哪肯放松，急忙把她的身子扳了过来，一面呆头呆脑地说："唷！你也不懂我的话么？那么我就给你说个明白，我……我要你做我的媳妇儿。"

"是啊，大姑娘，我的儿子要你做他的媳妇儿，你肯不肯？"陈大妈走上来找补了一句。

梅宝鼓着勇气，直截地回说："不行不行！一百二十个不行！我早就做了人家的媳妇儿了，怎么能做你家的媳妇儿！何况你们是什么人，是土匪！是该死的强盗！"

"他妈的！你会骂，我会揍！"陈大妈咆哮起来，啪啪两下巴掌，打得梅宝两颊上热辣辣地作痛。"小蹄子，干脆地对你说，落到了老娘的手中，死活也由不得你自己做主，老娘要你怎样，可不怕你不依！"

"不依不依，什么都不依，老实和你们说，我已拼着这条性命不要了，瞧你们把我怎么办！"梅宝捧着脸一面哭，一面提高了嗓子嚷，表示她的决心。

"好个不识抬举的东西！我立刻就毙了你，他妈的！瞧你再倔强！"陈大妈伸手到腰边去，似乎要拔出那柄手枪来。

小老虎却忙不迭地扯住了他妈的手："妈，且慢！我们限她三天答允我们的话，且让她好好儿地想一想。"

"傻孩子，偏是这样婆婆妈妈的，毙了她，再向镇上大户人家去挑一个更好的来，难道一辈子会没有媳妇儿么？也罢，为娘的为了疼你，且瞧你份上，宽限她三天，要是过了三天还是不答允，哼哼！那么休怪老娘这家伙里的子儿，可要找到她的细皮白肉里去打公馆了。"陈大妈说完，向小老虎挤了挤眼，大踏步趱出屋子去。

"三天，只有三天！你得好好儿地想一想。"小老虎向梅宝重又申说了一下，也跟着趱了出去，一会儿那门又给反锁上了。

陈大妈娘儿俩才出得门去，梅宝的一颗心，便又辘辘地在一条绳子、一根木棒上转动着，可是这一间小小的屋子里，四壁萧然，除了一张床，一张半桌，一张矮方凳外，空荡荡的什么都没有，又哪里来的绳子和木棒呢。大概这屋子是专作囚禁掳掠来的人们用的，所以四下里空无所有，以免发生意外。

这时梅宝又想起了"绝处逢生""天无绝人之路"那些成语，真盼望有什么慈悲为怀的神仙菩萨，从半空里掉下一条绳子、一根木棒来，救度她安然出险；要是仙佛无灵的话，那么就是妖魔鬼怪，突然从天窗中伸下一只毛茸茸的、怕人的怪手来，抓她上去，也是心甘情愿。总之，她只求脱出这个虎穴就是了。

她心中烦躁得很，负着手，不住地往来踱着。暗想自己在学校里时，何等的自由自在，料不到如今会陷身匪窟，仿佛变作了笼中之鸟，要飞也飞不出去。到此她不由不痛恨殷献仁，要不是他，自己未必弄到这般田地，他虽已死于非命，还是死有余辜的。当下她又细细地追味他临死时的那句话："一切都请你原谅，我为的是爱你。"可见他定是为了单恋着自己，所以安着坏心眼儿，利用金华正在乱嘈嘈的局势中，编了那么一大套谎话，把自己哄骗出来，慢慢儿地转移到远方去，妄想作百年偕老之计；也许爸和妈至今还在金华，也说不定，但是天各一方，见不得面，两位老人家正不知要怎样的惦念和忧急呢！

到了晌午的时光，听得门外擂着锣鼓，放着鞭炮，一时山鸣谷应，夹杂着嬉笑声，歌唱声，五魁八马的拇战声，把这一座陈家寨闹得沸反盈天，好像在举行什么盛大的宴会似的。梅宝不知就里，正在暗暗纳罕，却见那门斗地开了，一个老婆子双手捧着一只热腾腾的盘子走了进来，外面不知有什么人立刻把门带上反锁了。梅宝满想趁这机会冒一下险，夺门而出，可是已来不及。那老婆子满面春风地说了声"大姑娘可饿了么？请用饭吧"，随把盘子里盛的几个碗、几个碟子逐一放在桌上，倒全是热炒和鱼肉鸡鸭之类挺好的菜，再加上两碗香喷喷的黄米饭，一阵阵的热气直向上冒。

梅宝本想仿效印度圣雄甘地先生绝食的方法，来一下消极的抵抗，转念强盗发善心，只是这么一句话，他们绝不会因自己绝食而引起恻隐之心，就随随便便地把自己放走的。炉子里需要燃料，有了燃料，才能生火煮饭菜；人身中需要食料，有了食料，才能发挥生命力，才能英勇地奋斗。自己既不愿袖手听运命的支配，要向死路中求生路，那么决不能用绝食来做消极的抵抗的，何况病后还没有好好地吃一顿，平白地又出了这样大的岔子，身体怕要支撑不住了。如今瞧着大鱼大肉肥鸡肥鸭放在面前，何不尽量吃它一个畅快呢？

"是啊，吃饱了肚子，才有活力，才能平事情！"梅宝心口自语着，向那老婆子勉强地笑了一笑，在床沿上坐了下来，端上饭碗，拿起筷子就吃。那老婆子在矮方凳上坐下了，也端了另一碗饭，伴着她吃。

"老婆婆，外面这样热闹，是为的什么一回事？"梅宝好奇地问。

"大姑娘，你不知道么？只为我们的小头儿小老虎第一回出马领头，就发了很大的利市，弄到了好几十万金银珠宝，加上了你这么一位花朵儿似的大姑娘，好给小老虎做媳妇儿，头儿高兴极了，因此办了酒席，请喽罗们吃喝一顿，大大地热闹一下。"老婆子指手画脚地答。

"头儿又是谁啊？"

"我们陈家寨现在只有一个女头儿，当然是陈大妈咯。先前本是她的老公陈老虎当家的，自从老虎在阵上失风丧了命之后，就由她接手了。"

梅宝瞧那老婆子的脸上并没横肉，也不是粗眉大眼的，模样儿比陈大妈和善得多，便有意要和她搅得亲热一些，也许有利用她的地方。

"这真奇怪了，女娘儿也会打家劫舍，当土匪的头儿么？"她和颜悦色地问。

"怎么不能？大姑娘，你还不知陈大妈的厉害哩！她出名雌老虎，陈家寨周围百十里地内，谁人不知，哪个不晓。她会骑着马泼风价跑上百十里路，她打起枪来百发百中的，准叫人吃不了兜着走，当头儿再够格也没有了。"

"老婆婆，那么你又是谁啊？"

"我是给陈大妈管家的，跟她是同族，姓的也是陈，你只需唤我陈姥姥得了。大姑娘，我陈姥姥可就不中用，既不会骑马，也不会打枪，偏又没儿没女的，没个依靠，因此上只能打打杂，在这儿吃一口闲饭罢了。"

"姥姥，陈大妈他们待你可好么？"

"还不算错。大妈生来是暴躁的，不大好说话，但你只要陪着小心依顺她，也就没有什么了。至于小老虎这孩子，今年才二十岁，还是初出道，他老子在时，曾念过几年书，心眼儿还不坏。大姑娘，他这回子瞧上了你，请了你回来，并不胡作胡为，这就是他的好处，又怕你独个儿宿在这屋子里太冷清，特地唤我来陪伴你的。"

"唉！姥姥，你这么一大把年纪，合该享享福了，为什么老守在这土匪窠里，受土匪们的使唤？好姥姥，你要是能给我想个法儿，帮我逃出了这牢笼，我带你回家乡去，让我的爸和妈好好地供养你，像他们自己的娘亲一样，好吃好穿的，多享几年福，这难道不好么？"梅宝恳切地说着，想说动她的心。

陈姥姥连连摇着她那双干瘪的手，慌张地说道："那不行！那不行！凡是我们陈家寨的人，都曾赌过毒咒，不能离开我们的头儿的。唔！我还没有跟你说明白哩，小老虎是我帮着大妈养大起来的，因此那孩子很瞧得起我，三年前就拜我做了干娘，我怎么能做这对不起干儿子的事呢？"

"一个土匪干儿子，有什么稀罕！姥姥，我是好人家女儿，家里又有的是钱，你要是帮我逃了出去，我拜你做干娘，好不好？"梅宝的口腔中好似涂着蜜一样，说得分外的甜。

"大姑娘，我劝你还是死了这条心，别想逃跑吧。要知这山寨是在乱山里，没路好走，前后左右又都放着哨，看守得跟铁桶相似，只要有什么风吹草动，枪子儿就呜地飞过来了。任你有多大能耐，也休想逃得出去。"

梅宝满想利用那老婆子的心已冷了一半，不言不语地低下头去，不免引起了失望的悲哀，但她还想做最后的努力。

"姥姥，不瞒你说，我已许配了人家了，怎么还能做这里的媳妇儿？况且我的爸和妈把我养到这般大，曾为我吃尽了千辛万苦，我也怎么能抛下他们啊？好姥姥，你总得可怜见我，帮……"

"大姑娘休说废话了。"那老婆子剪断了梅宝的话，"我劝你还是依从了小老虎，死心塌地的留在这里吧。一做了他的媳妇儿，准有好日子过，绸缎绫罗任你穿，金银珠宝任你要，什么会短了你的？这年头儿安分守己的做老百姓也是白白挨苦，倒不如干脆的当土匪，倒什么都可不管。"

梅宝正色道："什么话！你这老不死的，竟要我跟土匪一块儿过活么？你们要是逼得我没路走，我横一横心，也会跟你们拼命的！"

陈姥姥见劝她没有用，就不作声了；梅宝见求她没有用，也就不作声了。

苦难中的光阴，在心理上是度日如年，而实际上也一样是白驹过隙般，过得很快的。那三天的限期，眨眼儿已到了。这三天中陈姥姥几乎寸步不离地陪伴梅宝，夜间又做一床睡，分明是监视着她，即使要逃跑，委实也没法可想。第三天的夜晚，梅宝照例很早就睡了，可是一夜不曾合眼，千思万想，有如兔起鹘落，暗想脱身既不能脱身，屈服又不愿屈服，到头来只有拼着一死而已。

一抹曙光，才从天窗中透将下来，她就起身下床了，陈姥姥还没有醒，正睡得很甜。她呆呆地立在屋中心，抬头望着天窗上结网的大蜘蛛，正好似一个待决的囚徒，等候死神的临头。她的心倒反镇定了，便坐到床沿上去理着头发，蓦听得屋瓦上起了窸窸窣窣的声响。她心中又惊又喜，暗想今天到了生死关头，难道有什么飞仙剑侠之流，突然来搭救她了么？

"大姑娘，你怎么起身得这般早，没男人陪着你睡觉，可觉得冷清么？今晚上要不要我来陪你？"天窗口送下这几句轻薄的话来，紧接着一阵咯咯咯的笑声。

梅宝抬头一瞧，却见一个嬉皮涎脸的小伙子，从天窗口探进头来，把那蜘蛛网弄得粉碎，连那大蜘蛛也给吓跑了。梅宝瞅了他一眼，依旧低下头来，理她的头发。

"好美的头发啊，光油油的真是一头青丝……"话儿没说完，猛听得砰的一声，紧接上一声"哎哟"，一团黑影霍地掠过梅宝眼前，那小伙子已从天窗中掉下地来，寂然不动了，腰眼里汩汩地淌着血，淌满了一地。

这一下子，可把梅宝吓得面无人色，从床沿上跳了起来，陈姥姥也从睡梦中惊醒了，忙不迭地披衣下床，连连地问着："什么事？什么事？"

正在这当儿，那门已给推开了，跳进那个小老虎来，手中还握着一柄手枪，两眼红得像要冒出火来一样。当下他对地上的尸体踢了一脚，破口骂道："该死的东西，你吃了什么豹子胆儿，竟敢调戏我的心上人么？"

"谁是你的心上人！"梅宝圆瞪着两眼，怒气勃勃地责问着。

"当然是你啊！我的姑娘！"小老虎笑应着，"三天的限期已满了，你的心中什么样，到底答允不答允？"

"不行不行，一百二十个不行！我的心仍和三天前一模一样，一些儿没有变动。我是清清白白的好人家女儿，肯嫁你这十恶不赦的小强盗么？"梅宝顿着脚，没口子地骂着。

"他妈的！好大胆的小贱货，竟这样不识抬举，敢得罪我雌老虎陈大妈的宝贝儿子！"门外一声怒吼，早又闯进那陈大妈来，一巴掌向梅宝劈面打去，只为来势太猛，竟把梅宝打得倒退了两步，直退到泥墙边去，上下牙缝里满是血，直喷了出来。

梅宝倒也满不在乎似的，把手背向嘴边一抹，又咬着银牙，斩钉截铁地骂道："你们这些贼强盗！贼土匪！将来恶贯满盈时，逃不了千刀万剐，死了之后，还得打入十八层地狱里，永远不得超生！"

"他妈的！快快闭住你的鸟嘴！你再敢骂时，我就要你的命！"陈大妈怒嚷着。

"要杀就杀，我不怕死！"梅宝的声音，也简直是响遏行云。

"好！你不怕死，我就要你死！小老虎，这事情让你来干，你自己有着家伙，我这家伙也交给了你，只砰砰两下子，可就结果了她，他妈的！瞧她再倔强不倔强！"陈大妈边嚷边将腰间的手枪拔出来，递给了小老虎。

梅宝把背心贴着泥墙，高高地挺起了胸脯，两只手握得紧紧的，指甲儿刺破了手心，两眼怒瞪着，似乎立刻要射出火星来。她那不屈不挠的模样儿，竟像列女传中一位舍生取义视死如归的烈女。

小老虎两手擎着两支手枪，对准着梅宝，梅宝有意把胸脯挪移一下，不偏不倚地迎着那两个枪口，似乎要让他打得准一些。她口中虽不作声，却默默地喊着她的爸和妈，又喊着她的未婚夫罗少华，作最后的道别。

一秒钟……二秒钟……三秒钟……一分钟……二分钟……三分钟……悠悠地过去了，却不听得开枪的声响。小老虎的两只手，在瑟瑟地发抖，抖得十个手指松弛开来，接着囊囊两响，那两柄手枪已一先一后地掉在地上了。

"不！不！我不愿打死你，我下不了这毒手！快走，快走，回到你的家里去！"小老虎放出嘶哑的呼声，一面不住地向梅宝挥着手。

陈大妈怒从心上起，斗地提起了一只飞毛腿，照准小老虎的肚腹一脚踢去，把他踢倒在地，连连地哼唧着。

"他妈的！你这不中用的小杂种，丢了你爸和妈一辈子的脸！昨晚上我叫你奸了她，你不敢；今儿个我叫你毙了她，你又不敢；倒敢不向老娘请个示，平白地杀了自己一个小弟兄，回头又大模大样地想把这贱货放走了！哼！你不敢要她做媳妇儿，老娘却要借着她发一注小财香哩。他妈的！小杂种，真是丢人！"陈大妈发疯似的吼着。

那时梅宝早已晕厥了过去，身子靠着墙根渐渐儿倒下，真的是玉山颓倒再难扶了。

十一　新秋海棠

　　一个小小的房间，陈设着十多件大大小小的红木家具，挤得好像透不过气来似的。可是一张桌面，一根椅档，都揩擦得亮晶晶的，在一闪一闪地发着光，一只装着大圆镜子的妆台上，陈列着七八瓶香水、花露水、润发油、雪花粉之类，相对无言地在等候着人去使用它们，而台面上的大部分地位，却被一对长寿字的黄铜烛台占据去了，刚点上了两枝斤通大蜡烛，猩红夺目的好似涂抹着人血一般。天花板的正中,吊下一只一百支光的电灯泡,罩着花花绿绿的围有珠穗的灯罩,带着淡黄色的电光,从珠穗中间漏出来,似乎和妆台上的烛光争着光辉,照见了妆台旁边一张旧式的红木大床,张着一顶粉红色葡萄绉的帐子,帐门用白铜帐钩向两旁钩起,留出当中一个大窟窿,影影绰绰见到铺着的红绉纱被儿,远远瞧去,恰像一张虎口张开着待要吃人的模样。

凡是光,总是大公无私地无所不照的,它照见了人家的笑脸,也得照见人家的泪痕。于是灯光和烛光,来了个无聊的合作,照见了床沿上坐着一个苗条的身影,把两条胳膊合围着头脸,伏在妆台的一边在抽抽咽咽地哭,哭得透凄惨的。在旧小说里,就得把"巫峡猿啼""蜀道鹃啼"等成语形容上去。只因头脸都埋在胳膊下,灯光和烛光都照不到,但是听了这凄惨恻恻的哭声,就可料知是"泪湿春衫袖"了。

"梅姑娘,你不要老是这样哭,哭得我怪难受!要知这是女孩子家一辈子最最欢喜的事情,你欢天喜地还来不及,干么这样一把眼泪一把鼻涕的哭个不了?"床边站着一个涂脂抹粉妖妖娆娆的中年妇人,在那里柔声下气地解劝着。

哭声还是不断地从那胳膊下面透出来，一些儿没有减弱，那肩背也跟着哭声一上一下地起伏，连带那铜烛台上的一对火红蜡烛也摇晃不定，烛火一晃一晃的，淌下了蜡泪来。

"梅姑娘你要知道这儿的姑娘一总也有十来个，长的、短的、胖的、瘦的什么都有，在我瞧来，哪一个不是俊俊俏俏的，花儿似的一朵，她们也哪一个不在指望着给王大爷瞧上了眼，准少不了日后的穿着插戴。可是王大爷全都瞧不上，偏偏挑中了你，要给你梳栊，这是多大的面子，多大的福分！要是换了我，那就整日夜嘻嘻哈哈的，连屁股上也得挂上了笑，还会像你这样傻头傻脑的哭个不了么？"

依旧没有回话，可是哭声似乎低一些了，那妇人以为局势已在好转，便又掉着那三寸不烂之舌天花乱坠地说了下去。

"你还不知道咧，梅姑娘，这位王大爷是这儿数一数二的土财主，家里有的是钱，钱，钱，因此人家给他起了个外号，叫作金钱豹。一提起金钱豹，全芜湖的人是没有一个不知道的。听说他家的地窖子里，全都堆着一座座黄金的小山，要是把这些黄金打造起人来，那么像你这样的个子，准可打成好几百个。你想象他这样的大财主，人世间能有几个，怕你打着大灯笼满街满巷去找，怕也找不到半个呢。况且他的脾气也是挺好的，有情有义，有始有终，不像那些油头粉面的小伙子，爱过一个捺一个。窑子里的姑娘们不给他瞧上眼便罢，一瞧上眼，一给你梳栊，只要你小心眼儿好好地伺候他两三回，准会打点身价银子，把你讨回家去，像他那位五姨太太、七姨太太、八姨太太，不都是在这儿给他梳栊过的姑娘么？她们住在高堂大屋里，吃的是油穿的是绸，要什么是什么，宠得什么似的，这儿的姑娘们，听了谁不眼红来着？叵耐王大爷不把她们放在眼里，乖乖地送上门去也不要，只索怨恨自己没有福命罢了。前晚上王大爷从大官人家应酬回去，可巧路过这儿，踏进来坐地，多分是前世里的缘分，一眼就瞧上了你。梅姑娘，你不记得那时踏进门来就打着哈哈，脸儿白白胖胖嘴上留着八字须的那位爷么？这就是王大爷。他眼睛里有了你，心窝里也就有了你，准是你的后福无穷。梅宝梅姑娘，你……"

"咄，快住口，不要多说废话了！"梅宝本已怀着一肚子的不高兴，吃那妇人唠唠叨叨的一絮聒，更觉得意乱心烦，忍受不得，便刷地放下了两条胳膊，抬起那个泪痕纵横的脸庞来，截住了她的话。"大娘，委实和你说，我是一个清白的好人家女儿，干不了这窑子里不要脸的营生，任你一张嘴说得花好稻好，可也打不动我的心。管他王大爷、王小爷，那些臭男子，可也近不得我的身；谁敢碰一碰我的一根头发，我就得和他拼命。这两个月来，你可也够瞧的了。"

"可不是么？这些日子里，已不知道给你得罪了多少客人，他们兴兴头头地跑来寻欢作乐，却扑了一鼻子灰，一个个都被你轰了出去。照着我当家的那股子火爆的躁脾气，管教一顿皮鞭子，把你抽得个死去活来。都只为我瞧你长得花朵儿似的挨不起苦，背地里不知给你说了多少好话，央求他担待你一些，也许有朝一日会回心转意，让我们发一注财香的，这才把老头子的气平了下去。梅姑娘，我实在也疼着你，真把你当作亲生女儿般看待，试想你在陈家寨里挨了多少苦，自被陈大妈把

　　　　　新秋海棠

你转卖到这儿来后，我待你多好，挑好的衣服给你穿，挑好的东西给你吃，已把你那张瘦瘦的脸蛋，保养得肉哆哆起来了。可是我待你好，你也得顾到我一些，没的叫我在老头子跟前交不了账。今儿个王大爷来时，你总得好好地跟他亲热一下，千万不要使性子得罪他。他可比不得旁人，你跟他好，他自然一团和气，要他割下头来都肯；要是冒犯了他，那就乖乖不得了，不但你要翻个大筋斗，连我们也吃不了兜着走咧。"

梅宝听了这一大番话，兀自闭着眼，悄悄地不作声，明知多说也没有用，还是自己拿定了主意，看事行事便了。那妇人见梅宝悄没声儿的，模样儿已和缓了不少，自以为已说动了她的心，便很高兴地来扯她手道："来来来！梅姑娘，今儿是你大喜的日子，刚才淌眼抹泪的把一张俏脸蛋糟蹋得成了什么样儿，快让我来给你装扮一下，包管你装扮得娇滴滴的，叫王大爷瞧了欢喜。"

这鸨母洪大娘原是窑子里的姑娘出身，除了生就一张利口会说会话外，对于画眉、点唇、抹粉、搽脂等化妆术，也是她的拿手本领。梅宝胸有成竹，索性假痴假呆地把自己当作了一个木偶，听凭她去牵线，尽由她去摆布。一会儿妆台上的香水瓶、雪花粉缸等在洪大娘调遣之下，全体动员起来，她又招呼外面打杂的老妈子打了一盆热热的洗脸水来，手忙脚乱地张罗了半个时辰，总算大功告成了。

"快瞧！快瞧！梅姑娘，瞧你这般娇模样，可不是好像变了一个人么？"洪大娘拉了梅宝站在妆台上的大圆镜子面前，指点着镜中啧啧地说，"且慢，让我再来给你换上一件新旗袍，包管你锦上添花，越发标致了。"于是她又赶去开了红木大橱的玻璃门，检出一件黄底彩花的织锦缎旗袍来，给梅宝换上了。她心中暗暗诧异，想这位姑娘一向倔强得像一匹野马一般，今晚上怎么柔顺得有如一头小绵羊，也许红鸾星照命，从此把那坏脾气改变过来咧。

洪大娘把梅宝装扮定当，上上下下地打量着，嘻开了血红的嘴，露出几个黄澄澄的金牙齿来，兀自得意地笑着。猛听得壁上的一只挂钟，镗……镗……镗……响起来了，一连打了十下。妆台上的那对红蜡烛，结成了两个大烛花，微微发出爆响。

"咦！十点钟了，王大爷快要来了。他正在酒楼里

新秋海棠

排了喜筵大请客，一会儿就可到这儿来，跟你这位可喜娘儿成双作对咧。哈哈，我的好姑娘，你不见那大红花烛上已结了两朵挺大的花儿，正在向你道喜么？梅姑娘，你耐心儿等着，我得迎接王大爷去！"洪大娘说完，又从金牙齿里迸出了一阵笑声，向梅宝点一点头，就三脚两步赶出去了。

梅宝的心，本像是一片白纸，从没有着过一些儿尘污，这两天老是听她们闹着"梳栊""梳栊"，不懂得是什么一回事，又不愿意去动问，到如今她的心中可就一明二白了。她料知这一幕悲剧的演出，已在一小时以内，她再也没有勇气挣扎下去，就得快快实现刚才所拿定了的主意了。回想当初自从金华形势吃紧，被殷献仁骗离了学校以来，流离颠沛，遭受了种种的磨折，先陷入了匪窟，后又被卖进了窑子，肉体上和精神上都挨到了莫大的苦痛。这两个月来虽曾偷偷地写了两封信给金华的爸和妈，上海的舅舅和表哥，可是至今还是毫无消息。她痛苦已极，挣扎也似乎没有希望，那就不得不厌倦人生了。

她刚才所拿定了的主意是什么呢？就是毁灭！她要

赶在这一小时以内，毁灭了自己，结束这二十年尝遍了千辛万苦的生命。大凡人死之后，总得被打扮得齐齐整整，倒像要上阎罗殿去吃喜酒似的，好在自己已给洪大娘打扮好了，尽可现现成成地躺进棺材里去，并且始终保持清白，免得再给人家触动她的遗体。当下她又推想到自己死了之后，那一对结着大花朵儿的红蜡烛，照着自己静悄悄地躺在大红绉纱的被儿里，仿佛是睡得很甜的模样。那所谓王大爷的，欢天喜地的跑进来了，准备来享受这一夜甜蜜的时光。谁知他所瞧到的，却是一具冰冷的尸体，连一句甜蜜的话都听不到，连一个甜蜜的笑都瞧不见，怕还要吓得魂飞魄散，忙不迭地逃将出去。他所掏去的那笔梳栊的代价，是白白地丢掉了，得不到一些些的收获。

梅宝想到这里，脸上微微透出了笑，特地向大圆镜里照了一下，好生得意，眼见得自己正像孔雀开屏一般，多么的美啊！可是不多一会儿，这美就变作死的了，直僵僵地躺在那里，说不定脸上会透出可怕的死色，使那好色如命惯会侮弄女性的恶魔吓掉了魂，吓成了神经病，也好给他一个严酷的教训，一辈子忘不了。她正在想着，

　　　　　　　新秋海棠

想着，蓦地里镗的一声，那挂钟在报道这时是十点半了。于是立刻回到床前，脱去了脚上的那双粉红缎子绣花鞋，一骨碌钻到那大红绉纱被儿里去，靠在绣花枕上斜签着上半身，伸手摸索到脖子上，卸下她住杭州时干爸赵玉昆赏给她的那只大金戒指，她从那天起配上了一条细细的金链，一径吊在脖子上，从没有分离过一天，今儿个倒要利用它了。

"干爸是个好汉子，他是宁死不屈的。我如今借重他的纪念品来表现我宁死不屈的精神，他老人家知道了，也许会含笑点头，说这孩子挺有骨气吧。爸和妈，来世再见！"梅宝自言自语着，随手把那金链和金戒指团一团紧，毅然决然地向嘴里送去。

"来！我们快快打起精神，走向光明中去！"这是罗少华在金华朝真洞里所说的一句鼓励的话，此刻蓦地在梅宝的心坎深处怒吼着，这句话的潜在的力量，直堵住了梅宝的咽喉，使那金戒指在口腔里停留着咽不下去。梅宝想起了她的表哥兼未婚夫罗少华，那爱的热力引起了生命的热力，顿时把求死之念压抑下去了。于是低一低头，哇的一声，将那金戒指吐了出来，理好了金链，重又吊到脖子上去，一面扯开了被儿，腾挪出身体来，穿上了鞋，回身把被儿依旧铺好，就在床沿上端端正正地坐定着。

"死不得！万万死不得！自杀是懦怯的行为，岂是我们新青年所肯干的。目前的环境虽是一片漆黑，也该依着表哥那句话，打起了精神，走向光明中去。"梅宝心口自语了半晌，就决定不死了。她又连带记起了从前在学校里国文课上读到的那个《费宫人刺虎》故事，更增加了不少的勇气。

时间可不容她多想了，只听得呀的一声，房门推开了，洪大娘早伴着那白白胖胖嘴上留着八字须的王大爷进来，笑吟吟踅到梅宝跟前，梅宝微微抬了抬头，重又垂下去。

"梅姑娘，恭喜恭喜！今儿个你要做大人了。王大爷心眼儿好，肯体贴人家，你只要好好地伺候他，准不会待亏你。我出去了，要什么就呼唤我，我在门外等候着。"洪大娘拍了拍梅宝的背，又带着笑转向王大爷，"恭喜您！大爷，可是孩子年纪小，不懂事，什么都得请您老包荒一些。"说完，就一步一回头地踏出房门去了。

　　　　　新秋海棠

洪大娘在房门外等着，等着，蹑手蹑脚地，静伏着不动，把耳朵凑在门上，细听里面的声息。这样听了十多分钟，只听得王大爷喃喃地低语的声音，却听不到梅宝有什么动静，这一个局面，分明是太太平平，可以维持下去的。

"谢天谢地，谢祖宗保佑！这孩子的脾气，分明是改好了，王大爷的这两千块钱，也可以安安稳稳的上腰包了。"洪大娘笑逐颜开地自语着。

王大爷一串响朗的笑声，从门缝里挤出来，接着却又听得碰碰几声，分明是什么瓶子摔在地上破碎的声响；啪，啪，是打着耳刮子的声响；"反了！反了！"是王大爷怒嚷的声响。洪大娘情知不妙，正待推门进去，谁知又是碰碰两个更洪大的声响，好像是妆台上的那对铜烛台掉下地去了。不待洪大娘进房，王大爷早已一脚踢开了房门，气冲冲地直跑出来，把洪大娘撞倒在地，嘴里还是连嚷着："反了！反了！"头也不回地奔下楼梯去了。

一霎时间，房门口早已挤满了姑娘们和打杂的，看是出了什么岔子。洪大娘从地上爬了起来，惊魂未定，哭丧着脸踏进房去，只见那些香水瓶，花露水瓶，都已摔碎在地，氤氲着满房间的香气，那对铜烛台早不在妆台上了，东倒西歪地躺在地上，两枝红蜡烛都已跌断，火熄了，还在冒烟。更瞧梅宝时，却见她交叉着两条胳膊，靠在妆台上站着，瞪眼竖眉的，活像一头雌老虎。

洪大娘正要开口埋怨梅宝，猛听得门外怒吼一声，她的丈夫洪老疙瘩泼风般跳了进来，手中执着一条长的皮鞭，不问情由，向梅宝没头没脸地抽打着，一面嚷道："小贱人，我的家给你毁了！打死了你这小贱人，才出得我心头之气！"

梅宝双手抱住了头，东闪西躲地想躲过这皮鞭子，可是这皮鞭长长的，哪里躲得了？呼，呼，呼，老是像雨点般抽下来。手臂上给抽痛了，挪一挪开，头面上给抽痛了，忙又用手臂来招架，一会儿已皮破血流，痛倒在地，但她不哭不嚷，只咬紧了牙关死拼。洪老疙瘩见她并不乞怜，还是倔强到底，便索性唤两个打杂的把她那件织锦缎旗袍剥掉了，边骂边抽，直把她抽得遍体鳞伤，死过去了，他方始住了手，扬长而去。

洪大娘毕竟是妇人家，心肠软一些，见梅宝挨了她丈夫这样的一顿打，委实可怜见她，急忙抱她到床上去，让她好好地躺着。停了一会儿，梅宝已悠悠地醒回来了，只觉得周身都在热辣辣作痛，不由得呻吟起来。洪大娘帮同打杂的收拾残局，将摔碎了的瓶子全都扫去，把铜烛台也擎了出去，然后过来坐在床沿上，责怪梅宝的不听话，拉拉扯扯说了一大堆，梅宝老自闭上了眼睛，不做理会。她虽痛在身上，却是快在心里，因为刚才一下子撒泼轰走了王大爷，终予保全了自己的清白。

一小半是出于怜悯之念，一大半是为血本攸关的身价银子着想，洪大娘轻易不敢离开梅宝，生怕她挨了这一顿打，怨恨起来，或竟寻了短见，可不是玩。所以一连几天，她总是陪伴着梅宝，夜间做一床睡，白天在一起吃饭，一边东说黄河西说海的聊天，想趁此劝劝梅宝，把那倔强的脾气改变过来。

末后，梅宝身上的伤痕已平复了，但她的心却好似放在油锅里煎熬一般，她苦苦地想着爸和妈，舅舅和表哥。要是接到了她的信，为什么不立刻赶来搭救她跳出火坑？倘再一天天挨延下去，自己即使不想自杀，也许要遭那洪老疙瘩的毒手，但瞧他发起火来，简直变作了一头野兽，理性和人道，什么都管不了的。她曾听得同伙的姑娘唤作明霞的背地里告诉她，前几年曾有个小姊妹夜半逃跑了，被洪老疙瘩追倒来，生生地搂死，所以这条血痕斑斑的皮鞭子上，说不定正有冤魂缭绕着。

梅宝在这窑子里虽是落落寡合，不屑和旁的姑娘们同流合污，就中却有这一个明霞比较的谈得来。她年纪大一些，态度也稳重一些，只为七八年前爸和妈同时染疫而死，没钱安殓，因此自愿把身子卖了，料理后事。梅宝就为了这一点上，对她另眼看待，没事总在一起谈谈说说。洪大娘也就为了这一点上，利用她来做说客，劝梅宝以后随和一些，不要再倔强下去，并且托她代达苦衷，说当初从陈大妈手中买下来时，是十十足足出了五千块钱的身价银子的，这两个月的饭钱且撇开不提，也总得设法帮她捞回这笔血本。

明霞转达了这一番话，正如李密的一篇《陈情表》一样，说得婉转动听。梅宝平心静气地听了之后，觉得这倒也在情理之中。洪老疙瘩夫妇俩出了五千块钱的身价银子，也像做买卖那么下了一笔大资本，目的无非将本求利，我可不能让他们蚀掉血本，非设法偿还他们不可。经过了三天的考虑，居然想得了一个两全的办法，就托明霞把他们夫妇俩请来，当面谈判。洪老疙瘩先还拿架子，不肯屈尊，禁不得洪大娘死拉活扯，也就勉强出席了。

"大娘，明霞姐姐转过来的一番话，我都明白了，觉得这一件事，该大家好好地谈一谈，所以请你和老板一块儿来。"梅宝先开口对洪大娘一说，然后转向洪老疙瘩，"老板，过去的事情，我们都不用再提，那一顿打，我也只算是白挨了。我想这样闹别扭一直闹下去，也不是事，总得想个办法才是。大娘念念忘不了那五千块钱的身价银子，我可也不是不讲理的，不能叫你们白白赔本。不过我老实对你们说，要我把这清清白白的身体来帮你们挣钱，那是杀掉了我也办不到，千句并一句，这窑子里的下贱的营生，我是抵死不干的了！"

"不干便怎么样，让你做我们祖宗三代的神主牌位，高高地供在客堂里好么？"洪老疙瘩虎起了脸，冷冷地插了这么一句。

"老板，你不要性急啊！下面有许多话要说，且耐心儿听我道来，我虽说抵死不干这窑子里的营生，但我并不想白坐白吃饭，却愿想去做另外一种帮你们挣钱的工作。当初我在北方时曾学过戏，在上海时为了维持生活，也曾卖过唱，肚子里倒有好几十出戏在着，青衣花旦都来得，也能反串一二出小生戏，只因好久没动过，不免生疏一些，少不得要请一位教师来让我操练这么一个月，吊吊嗓子，排排身段，要是有路子的话，能赶快给我上台去漏脸，一朝唱红了，那么每个月挣他五千一万的包银，不是容易得很么？"

洪老疙瘩听到这里，那张虎起着的脸立时放下来了，眉眼间堆满了笑，一面把那两只熊掌般的大巴掌拍了一下，很高兴地说道："好！这才像是人说的话了。你既愿意上台去唱戏，我准定成全你就是。好在我有一位拜把子的弟兄张德胜大哥，他是这儿天字第一号的戏园子天声舞台的老板，我去和他商量一下，先借一位教师来跟你练戏，往后就在他那里漏脸，绝没有办不到的事。好！我们三面言明，准这么办！"说时，拉住了梅宝和洪大娘大家拍巴掌，算是签订了和约。洪大娘料不到平白地有这么一个好局面，便张开了笑口，再也合不拢来，兀自梅姑娘长梅姑娘短，说了许多好话。于是化干戈为玉帛，来了个天下太平。

洪老疙瘩是个霹雳火秦明般的急性子人，当天就去和天声舞台的张老板一说，马到成功。这晚上治了一席酒，把张老板和一位姓白的教师请了来，跟梅宝见面。席面上哀丝豪竹，谈笑风生，大家都兴高采烈，连梅宝一张惯常忧郁的脸庞上，也像久阴的天色突然放晴一般，露出了一丝笑容。当下配着白教师的二胡，先试唱了一段《苏三起解》，又来了一段反串小生的《罗成叫关》。

　　白教师一面含笑听着，一面把二胡拉得挺起劲，张老板将筷子叩着菜碟做节拍，听得眉飞色舞，连连嚷着："一块好料子！一块好料子！"洪老疙瘩更是洋洋得意，闭着眼，在静静地听，一颗脑袋，像卜郎鼓儿似的摇摆不定。

　　一个月来，梅宝天天跟着白教师勤勤恳恳地吊嗓子，排身段，把她会唱的几十出戏，逐一习练过来。末了儿嗓子已吊出来了，身段也练得很边式了，急性子的洪老疙瘩早已向当地一位名票友商借了好多件必要的行头，身材恰恰和梅宝相配，喜之不胜，当下他赶去和张老板商量，要梅宝早日登台了。在登台前的一星期，为防梅宝怯场起见，特地趁天声舞台夜戏完场以后，把预定的一出打泡戏《苏三起解》排练了一下，唱功做工居然都很老练，扮相尤其美丽出众。到得一切都准备好了，艺名却还没有商定，张老板和白教师提出了几个，都被梅宝驳回去，却给她自己题了个"新秋海棠"的艺名，并说明了缘由，因为从前北方有一位红角儿秋海棠，才貌双全，轰动平津两地，她为了要鼓励自己上进起见，所以借用这位大艺人的大名，而在上面加上一个"新"字，希望自己一个新人，日后也要唱得像秋海棠一般的红张。老板和洪老疙瘩他们听她言之有理，一致赞成。于是一方面联络新闻界，先在报纸上大吹大擂地宣传起来。

别说梅宝是个一片天真的小姑娘，她自愿向洪老疙瘩夫妇投降而登台唱戏，并且给自己题这"新秋海棠"的艺名，原是有深心的。她明知她的爸因为受了刺激而痛恶唱戏，自己岂肯投入这旋涡里去？只因一家子消息隔绝，没法接触，所以想出这条苦肉计来。她打定主意，定要好好干一下，像她爸当年那么唱得大红大紫起来，把这"新秋海棠"四字沸沸扬扬传播开去。她而且怀有绝大野心，不但限于这芜湖一地，还想传播到杭州、金华一带，引起她爸和妈的注意；传播到上海，引起她舅舅、舅母和表哥的注意；传播到北方，引起她干爸赵玉昆的注意。说不定因此一举，竟达到了骨肉团圆的目的。

"好啊！好啊！好啊！"当梅宝登台的时候，一片喊好的声音，几乎震破了天声舞台，把屋顶都掀了起来。张老板张德胜存心要捧红梅宝，一开头就让她唱大轴，又怕别的角儿们闲话，索性收她做了干女儿。端为他交际广，朋友多，听说他的干女儿登台唱戏，纷纷跑来捧场，银盾花篮，摆满了半只台，声势委实不小。新闻纸上刊登巨幅广告，在新秋海棠的名字上，加上了什么"色艺双绝青衣花旦超等名角"的头衔。有一家的副刊上还出了《新秋海棠特刊》，把新秋海棠形容得像天仙化人一样。在一篇《访问记》里，详述梅宝的凄凉身世，梅宝原是有作用的，有意把自己吴梅影的真姓名，也告知了他们，渴望着一纸风行，收到了她所预期的最大的效果。

红，梅宝是红了。"新秋海棠"四字，轰动了整个的芜湖。别的戏园子感到威胁，好多观众都被吸收了去，于是有一家唤作春舞台的，特地派人到北方去，礼聘所谓京朝大角，有名须生，名武生，有坤角名花衫，便是净丑等等，也有独当一面的名角儿在内，阵容相当坚强，预备和天声舞台打对台，而压倒了新秋海棠。可是事前严守秘密，梅宝并没有知道。

"梅姑娘，你真的是红过半爿天了。好容易巴到了这一天，也不枉我疼你一场。你跟我们窑子没有缘，倒是吃戏饭对工，也难为你想到这上面去的。"洪大娘满面春风地对梅宝说。

梅宝自在天声舞台唱戏之后，再也不肯耽在洪家的窑子里了，张老板趁这机会，就接到他家里去住。这一天白天梅宝替慈善机构唱义务戏，破例反串《罗成叫关》，卖了个大满堂，兴兴头头地回来休息，洪大娘也跟她的丈夫洪老疙瘩一块儿来了。

洪老疙瘩听他妻子说了那几句话，也凑趣道："梅姑娘真是个聪明透顶的人，唱一样像一样，人家唱了一辈子的戏没唱红，你只消一个月的工夫就大红大紫了。我敢说一句放肆的话，这倒是我一顿皮鞭子，给你打成这个天下的。"

"是啊！我一辈子忘不了洪老板的大恩大德，得牢记着这一顿皮鞭子的味儿！"梅宝冷冷地说，"可是，洪老板，你家大娘老是惦记着的五千块钱身价银子，如今怎么样？我唱了这一个月戏，已经够你们捞回血本了么？"

"够了够了，张老板张大哥很客气，送了二万块钱包银来，仗着你的能耐，果然让他老人家挣了不少钱，倒也带好了我们。"洪老疙瘩红着脸，讪讪地说。

"梅姑娘，但愿你好好地唱下去，使张大哥的戏园子一天天更兴旺起来，也好让我们多凑几个钱，图个下半世生活。我的好姑娘，你这大恩大德才是我们俩一辈子忘不了的。"洪大娘忙不迭地接口上来。

梅宝一听这话，知道洪大娘的欲望是很大的，便沉吟了一下，委婉地说："当然咯，我在这里唱一天是一天，你们也多一钱是一钱，不过我早就和你们说过，我家里有着爸和妈，并且已许配了人家，万一我家里的人来找我回去时，那么对不起得很，这里的戏可不能再唱下去了。"

"当然当然，到那时一定让你回家去，我们绝不敢留难的。好在张大哥那里也只说试唱两月，并没有订过合同，等到两个月满了之后，再作道理。"洪老疙瘩的话，使梅宝放下了心。可是洪老疙瘩说了之后，似乎有些懊悔，便默默地不再多说。洪大娘也不开口，把眼睛盯着她的丈夫，分明在责怪他多说了话。

"一事无成两鬓斑，叹光阴一去不回还，日月轮流常相见，青山绿水挂在面前。……"不知是谁高唱着戏词，抑扬顿挫地直送到梅宝耳门上来，末一句拖腔拖得分外的长，像游丝般袅袅不绝。

"怪了！这是谁啊？怎么这声音听去怪厮熟的呢？"梅宝暗暗自语着，侧着耳，细辨那绕梁三日的余音，蓦地在眉眼之间透出了一种又惊又喜的神情，正像投石在水，水圈儿渐渐地扩大起来似的，霎时布满了她那张宜嗔宜喜的春风面。

"咦！我的干爸！我的干爸来了！"梅宝直嚷着跳起身来，发疯似的飞奔到房外去，刚奔到堂屋的门口，劈头就扑倒在一个人的怀中，止不住放声大哭起来。洪老疙瘩夫妇俩莫名其妙地跟出来瞧，见了这情形，都站在一旁呆住了。

洪老疙瘩定了神，把两眼向那来人的脸上扫射过去，期期艾艾地开口问道："你……你可不是三年前在天声舞台唱《时迁偷鸡》唱红了的赵……赵老板么？"

"是啊！咱行不改姓，坐不更名，这几十年来就老是唤作赵玉昆的便是。"那人扬着脖子，很俏皮地回了洪老疙瘩的话。

梅宝什么都不管，扭股糖儿似的扭着她的干爸赵玉昆，一同回到内房来，砰地关上了房门，把洪老疙瘩夫妇关出在外，只索在堂屋里坐地，静候事态的发展。他们俩的心中已逐渐明白，他们那靠着梅宝源源发掘黄金的好梦，已在开始打破了。

"昨晚上我一踏上芜湖的码头，听人家口口声声轰着新秋海棠，心里就生了好大的气，暗想哪一个混蛋敢戳了我三弟的大名混饭吃，今儿个特地赶上天声去瞧那出《叫关》，真把我喜疯了，原来这混蛋不是别的，却是你这孩子！你的能耐可真不错啊！哼几声活像你那年轻时的爸。"赵玉昆搂着梅宝，喜孜孜地说。

梅宝抹去了眼泪，眼睁睁地瞧着赵玉昆："干爸，您总是这样神出鬼没的，怎么也赶到这儿来了？这些日子里我虽也暗暗盼望着，可料不到会这样的快，真好像是做了一场出奇的好梦呢。"

"我们一行人是被这儿春舞台李春山老板拍了十万火急的急电邀请来的。我们因为跟李老板挺有交情，所以加快地赶来。谁知昨儿赶到之后，就知道要我们来跟天声舞台的红角儿新秋海棠打对台。孩子，这一回你不中用的干爸怕要跌在你的手里了。"

"干爸，不要开玩笑，让我们来谈谈别后的一切，正好似一部二十四史，不知从哪里说起！要知这些日子里，你的干女儿，正熬受着人世间的万千惨痛，简直是从鬼门关里逃出来的啊！"梅宝哽咽着说。

于是赵玉昆从梅宝口中听得了一部可歌可泣的血泪史，从金华起到芜湖止，讲得原原本本，详详细细，一些儿没有遗漏，梅宝边讲边哭，又落掉了不少眼泪，连那对于人生一向抱着玩笑态度的赵玉昆，也听得心酸泪落。接着梅宝从赵玉昆口中却得到了一个出于意外的好消息，原来她的爸和妈已回到北方去了。她的爸因金华的店毁了，女儿又失了踪，曾在浙东一带盲目地找寻了一阵，毫无结果地转到上海，气成一场大病，病愈后灰心已极，恰因她的舅舅为了买卖不顺手，要到北方去发

250　　　　　　　　新秋海棠

展，就一同北上，舅舅和舅母找了房子，住在北平城里，而她的爸和妈却回李家庄务农去了。韩道本老夫妇不肯分手，也跟同前去。不过她的表哥很是执拗，自愿独个儿在浙皖边境上找寻她，此刻正不知道漂泊在哪里呢。赵玉昆在北平遇见了她的爸和妈，听到她失踪的事，苦闷得什么似的，本来也在准备着到南方来找寻一下，可巧这儿春舞台拍来急电，聘请他们一班老搭档的角儿，他正中下怀，就催着他们一行人飞快地赶来了。

"干爸，您真的带来了一个再好没有的好消息，爸和妈都已回到了李家庄，舅舅和舅母也在北平，我这不安定的心可也安定下来了，可是表哥不知下落，这便如何是好？他要是有个三长两短，我又怎样对得起他！"梅宝说到这里，泪珠儿又在眼眶子里滴溜溜地滚动了。

"女孩子家许配了人家，心儿就外向了，一提起了你表哥，老是这样多情多义的样子。要知道他们年轻的人应该出去见见世面，挨些儿苦也不算一回事，往后总有见面的一天。来来来！过去跟将来的事，都捺在一旁别提，且谈谈现在打算怎么样？你这戏还想唱下去不唱下去，要不要跟我们打对台？"赵玉昆像正经又像开玩笑地说着。

梅宝立时摇了摇头，正色道："干爸说哪里话来，试问我这样熬辛吃苦，为的是什么？就为了要找到爸和妈。如今既知道了二老的下落，恨不得插着翅儿飞回去，还要唱什么劳什子的戏！"

"好！准这么办！"赵玉昆拍了一下巴掌，"你不干，我也不干了，伴着你一块儿回去。"

"干爸，你刚到这儿，怎么成呢？"

"我说不干，就不干了！这些年来，我不论到哪里去唱，通不打什么噜噜嗦嗦的合同。春舞台的李老板跟我够交情，我要是把急于伴你回去的话向他一说，他也不好意思强留我的。不过你跟天声张老板怎么样，有没有合同？即使有，也不相干，我替你撕了就是。"赵玉昆说着，将双手比了一比，嘴里又嗤的一声响，倒像真把合同撕了似的。

"合同倒没有，不过张老板待我还不错，向他说个情，也许没有问题。至于洪老疙瘩夫妇俩，却是贪心不足的，怕不免有些麻烦。"梅宝的两条长眉，微微地打起结来。

"这些事你不用管，通让你干爸来做主！他们要是讲交情的，那么客客气气地分了手，后会有期；要是不讲交情的话，咱老子只需使一使手法，把你像时迁偷鸡般偷了出去，瞧他们怎么样？好，你尽自耽在这里，我找他们去！"赵玉昆说完，便向梅宝扬一扬手，打开了房门，口中又在哼着戏词，大摇大摆地踅出去了。

十二　皆大欢喜

春意如酥，渗透了北国的田野，却渗不到秋海棠夫妇的心中，因为他们俩的心房，已被肃杀的秋，凛冽的冬，密密封锁住了。

春之神不会偏枯了李家庄，早把绿油油的草木和五光十色的野花给它着意装点起来。无边无际的菜田与麦田，织成了无边无际的一片新绿，在阳光下满布着青春的朝气，而菜田上千千万万黄澄澄的油菜花，映着翠绿的菜叶，被春风嘘拂着，似乎在点头微笑。小鸟忘机，成群结队地尽自在田间觅食，啾啾唧唧地分外热闹，即使有人来了，它们也并不惊飞，只是闲闲地躲开了一些，一会儿早又活跃如常了。此外有的是：疏疏落落的茅舍竹篱，曲曲弯弯的小桥流水，给大自然的丹青妙笔，画就了一幅挺好的天然图画。

"春已来了，可是人还没有回来！唉！梅宝、梅宝，你到底还有回来的一天么？这几个月来，我们已等得你够苦了。"秋海棠眼望着那当前的烂漫春色，唉声叹气地说。

这时罗湘绮正傍着秋海棠坐在田庄前的场地上，也是一样的愁眉不展，但为了要安慰良人起见，却故意把眉结放松了一下，柔声说道："钧，你不要短气，这些日子里，我虽是牵肠挂肚地惦记着这孩子，但我有一个信心，相信她一定会回来的。"

"这些安慰我的话，我也不知道听你说过多少遍了，然而空口说白话，有什么用！一眨眼半年多已过去了，梅宝至今还是没有回来，虽曾在各处新闻纸上登了悬赏找寻的赏格，仍然是好像石沉大海，毫无消息。好好一个女孩子，我们俩一向是怎样的疼着她，万一被人轻轻地作践了，便怎么处？"秋海棠说到这里，两眼呆瞪瞪地望着远处，眼角边已涌起了两颗晶莹的泪珠儿。

"这个你倒不用担心，梅宝到底念了几年书，自幼儿又熬辛吃苦的，经过了好多的磨难，所以人也变得机灵不过了。我相信她一定能够保护她的自身，不会被人作践的。这……这又是我的一个信心。"湘绮说时，也眼望着远处，仿佛瞧见梅宝那副斩钉截铁、百折不回的态度。

"湘绮，你虽是这么说，可是我总有些儿不放心，这些年来，我的心实在是吓慌了。"秋海棠叹了口气，接着又说，"唉！我不知前世里造了什么孽，老天爷老是跟我闹别扭，从不肯让我好好儿过几年的。我自从给那老家伙袁宝藩栽了个大筋斗以后，晦气星就钻进了天灵盖。我们恩恩爱爱的一对儿，只落得东逃西散，我端的为了这孩子，才戴着这三分像人七分像鬼的脸蛋子做人，十多年间，只索独个儿咽着眼泪，连你也不愿见面。难为了这孩子，跟着我咬紧牙关，一块儿挨苦，谁知苦挨够了，偏偏在数千里外给你找到了。我为了仍然不愿给你瞧见这一张丑脸，拼着以一死自了，不道被送到医院里去，偏偏又给你从阎罗老子手中抢了回来。多承你不忘旧情，仍像先前一样的待我，又承你哥哥多方照拂，在金华开了那么一爿店铺子，买卖也着实不错。一家三口，厮守在一起，畅叙天伦之乐，满以为苦尽甘来，再也不会出什么岔子了。哪里知道又遭了老天爷的忌，落在劫数中，店铺子给毁了，孩子又失了踪，半年多不知下落。这可不是前世造了孽，今世才受到这样的报应么？你虽是硬装着笑脸，苦苦地安慰我，但我的心中老是虚怯怯的，生怕这苦命的孩子，已是凶多吉少了吧！”

"钧，你是个男子汉大丈夫，别那么短气！我的心始终如一，不相信梅宝会有什么三长两短的。何况这一回二哥到南边去时，曾对我们拍胸膛说过：此去定要翻江搅海地找寻这孩子，找一月是一月，找一年是一年，要是找不到的话，那么他拼着死在南边，再也不愿回来见我们的面了。你别瞧他平日间嘻嘻哈哈的，惯会说玩话，正经时挺是正经。我料知他一定会找到了梅宝，一块儿回来的。这又是我的一个信心！"湘绮说着，向秋海棠点了点头，似乎使她的话加重了一分力量。

秋海棠从他脸上那个十字形的瘢痕后面，勉强地透出一丝苦笑来道："湘绮，你的信心太多了，一个一个又一个！也罢，我就跟着你也来一个信心，相信你的猜想是不会错的。"

湘绮妩媚地扭了一下头，两眼向秋海棠瞧着："当然咯！梅宝的小心眼儿一向是挺好的，老天爷定然保佑着她，终于使她好好地回到我们的身边来。钧，你耐心儿等着，二哥回来的日子，也许就是梅宝回来的日子。"

"算算二哥去了已有一个多月，怎么连信都没有一封呢？真使人惦记得很！"

"你可不要着急啊！这一个多月工夫，未必就会找到梅宝，即使找到了，你是知道他的脾气的，决不会先写信来通知我们。何况他自己既不会动笔，又懒得托人去写，你要望他的信，准会扑一个空的。自从二哥动身以后，我常在心中暗暗盘算着：他去唱戏的地方，是安徽省的芜湖，去浙江边界不远，而我们上回找到兰溪去时，不是听说有许多逃难人的船都是往安徽去的么？梅宝的船，说不定也在其内。二哥到了芜湖，要是能凑巧遇到梅宝，自会带着她一同回来。也许有这么一个黄道吉日，我们俩正死心塌地的不再盼望了，而他们俩却出其不意地已赶到了这里，让我们喜出望外，还当是在做梦呢。呵！要是真有这么一天，那我们真的要谢天谢地谢神明了。"湘绮眉飞色舞的，说得很兴奋，赵玉昆和梅宝的面影，好像已在眼前晃动着。

"但愿如此，你不见我日夜眼巴巴地向西头望着庄口，望的是什么？还不是望我们的孩子会突然的回来么？"秋海棠说时，他的一双眼睛早又从湘绮脸上移向西面，对那半里以外绿树掩映的庄口望着。四周一百多亩的田野间，正有他所雇用着的长工三三两两地在工作，口中哼着古老的俚歌，断断续续地由和煦的春风播送过来。

秋海棠和湘绮侧耳听着，各自沉吟无语，心中不由得羡慕那些长工们日出而作，日入而息，过着无忧无虑的生活。蓦然之间，秋海棠的注意力，又转移到半里以外的庄口去了，眼见那曲曲折折的碎石路的尽头处有一个人影在蠕动着，可是动得很快，分明是在奔跑的样子，转过了一棵两人合抱的大榆树，这人影儿越放越大，越奔越近，湘绮自然也跟着秋海棠的眼光注视着。到得那人奔到一二百步外时，才瞧清楚了他的面目，原来是长工的头儿张小狗子，也就是往年秋海棠在李家庄和樟树屯做庄稼人时的旧属。

"三爷……三爷……我……我……我带……带得……喜信来了！"张小狗子一面奔，一面喘息，一面直着喉咙嚷。

秋海棠的神经立时紧张起来，霍地站起了身，抢前十多步，迎着张小狗子忙着问："小狗子，是什么喜信？是什么喜信？难道梅宝姑娘回来了么？"

张小狗子站住了脚，把臂弯里的一只装满日用东西的篮子放下了，把衣袖子抹着满头满脸的汗，一面还是气嘘嘘地喘息，回不出话来。

"小狗子，你快说啊！是不是梅宝姑娘回来了？"湘绮望着张小狗子的脸，也性急地问。

张小狗子的喘息渐渐地静止了，在旁边一张矮竹凳上坐了下来，才带着笑说："是啊，这真是一个天大的喜信！我刚在镇上买好了东西打算回来，蓦听得背后有人哼着戏词，那声音好生厮熟，忙回头一瞧，可不是赵二爷是谁！他一手拎着个小皮箱，一手搀着一位身穿蓝布褂子手提衣包的姑娘，出落得怪俊俏的，分明是我们的梅姑娘。我虽已十多年没见她了，可是还清清楚楚地记着她小时节的模样儿，准不会错。但我那时还当作自己在白天做梦咧，把自己啪啪打了两下老大的耳刮子，脸上热辣辣的，明明不是做梦。赵二爷可并没有瞧见我，东张西望的不知在找寻什么，我却再也熬不住了，托胆地唤了声'二爷'。二爷这才扭过头来瞅了我一眼，接着就虎起了脸，好像是不愿意见我的样子。我忙又赔着笑说：'二爷，您回来了，这一位可就是梅姑娘么？'二爷放下了那只揽着梅姑娘的手，拍了一下后脑门子道：'该死该死！怎么偏偏给你撞见了！小狗子，你可是向李家庄去么？回去时你得装作没事人儿一般，千万别在三爷和太太跟前露口风，待我找到了酒店喝过了酒，悄悄地带同梅姑娘回来时，好让他们俩大大的惊喜一下，要是先给他们一知道，可就不够味儿了。小狗子，听明白了没有？你倘敢露一露口风，当心我回来收拾你，揍你个半死不活！'说着，还把我的右胳膊狠狠地捏了一下，到此刻还有些儿疼痛咧。我忙不迭地点着头，诺诺连声地回了几个'是'，就一口气没命似的跑回来了。"

秋海棠听了张小狗子这一番话，真的是喜心翻倒，扯了湘绮的一只手道："快快快！我们快到镇上找他们去！"一面说，一面拔脚就跑。

张小狗子从矮竹凳上跳起身来，哭丧着脸，没口子地嚷道："三爷别去！三爷别去！停会儿二爷回来时，我这条狗命可就没有了！"

秋海棠回头说道："小狗子，你放心！有我给你担待着，二爷准不会难为你的。"说着，早和湘绮俩泼风似的奔向庄口去了。

镇上唯一的酒店叫作陈长兴，一面小小的蓝色酒旗，整日夜地挑出在屋檐下，风吹雨打的不知经过多少年了。秋海棠虽从没有到这里来喝过酒，可是十多年前在李家庄上做庄稼人时，镇上的几家店铺子，都成了熟门熟路，此刻他一下子早就赶到陈长兴来了。

赵玉昆在靠窗的一个座子上坐着，面前放着四五个碗和碟子，正在闲闲地喝酒。他一手搁在酒壶上，一手把着大酒杯，随意哼几句戏词，拉拉扯扯的也没有什么头尾，只为一开头就作牛饮，脸上已透出几分酒红来了。梅宝托着一个青花粗饭碗，在一旁吃饭，只吃了一碗，就向玉昆道了声"慢用",把筷子搁了下来。

"干么吃这么一些儿饭,年轻人该多吃些才是。"赵玉昆从酒杯上抬起眼来向梅宝睃了一下。

"干爸,您老是慢条斯理地喝着酒,我却急着要去见我的爸和妈了,哪里还有心思吃饭!"

赵玉昆笑着侧了一侧头:"忙什么!到了这里,还怕见不到你的爸和妈么?你不见做干爸的一路上从没好好地喝过酒,把一肚子的酒虫都饿死了。好孩子,你乖乖地坐在一旁嗑瓜子,让我痛痛快快地喝一下,等喝饱了酒,劲儿也来了,就带着你上李家庄去,爸是爸,妈是妈,一个个交到你手中,准不会少你一个边。"说时,涎着脸向梅宝装模作样,真像猴儿崽子似的,直逗得梅宝笑了起来。他就仰着脖子,把一大杯酒向嘴里咕嘟咕嘟灌了下去。

正在这当儿,秋海棠和湘绮俩一叠连声地唤着"梅宝",一前一后气嘘嘘地直闯进来,梅宝耳快眼快,立刻从座子上跳起身来,连嚷着"爸""妈",张开了两臂扑将过去,秋海棠夫妇面对面地合抱着她,好似夹心饼干般把她夹持在中间,各自止不住号啕大哭起来,一时把别的座子上的几个酒客都看呆了，不知道是怎么一回事。

赵玉昆站起了半个身子，一只脚踹在条凳上，把筷子叩着他面前的酒杯，一面向秋海棠嚷道：

"哙！老三，你有了女儿，可就把你老把兄捺在一旁不理会了么？"

秋海棠一听这话，疾忙放了梅宝，伸手抹一抹眼泪，回身对玉昆唱了个喏道："对不起，二哥，这回事有劳了。要不是你，怕一辈子也见不到我们的孩子咧。"

"别噜嗦！来来来，我们大家干一杯，你给我接风，我贺你们一家团圆。"玉昆斟满了一大杯酒，一口气喝了下去，向秋海棠和湘绮照了照杯，又嚷道："跑堂的，快快添两副杯筷，再添两壶酒来！"

跑堂的没口子答应着，一会儿两壶酒和两副杯筷都添上来了。玉昆满满地斟了两杯酒，要秋海棠夫妇喝，两人推辞不得，便勉为其难的都喝了。

"好好好，痛快痛快！跑堂的，再来几个菜，要挑你们拿手的做，越快越好！"玉昆吆喝着。

秋海棠夫妇本来急于要回去，好和梅宝谈谈别后情形，只因见玉昆正在兴头上，怕他生气，不敢扫了他的兴，两人就耐心儿坐了下来，陪着他吃喝，一面更番劝酒。玉昆直喝到九分光了，才自动停止，嚷着要回李家庄去。秋海棠抢着付了账，便分提了小皮箱和衣包，一行四人，走出陈长兴酒店，向李家庄进发。

在李家庄上，当年秋海棠本来有一些田地房屋，后来因为迁移到樟树屯去，全都卖去了。去冬他因金华的店铺子被毁，梅宝又失了踪，找来找去找不到，灰心已极，便和湘绮重又回到李家庄来，为的手头很有几个钱，把先前的田地、房屋一起买回来，恰好他的堂叔吴老爷、堂兄吴大一家都到外省做买卖去，便把他们的田地、房屋也买下了，此外又收买了不少接连的田地，合共有了一百多亩，居然变成了一个小小的农场，打算和湘绮终老此乡了。他现在住着的就是他堂叔的那所大瓦房，两旁有几间小屋子，后面还有披屋，他一起把来布置好了，客室、书房以及卧房、厨房一应俱全，卧房共有四间，一间是他夫妇俩的，一间是留给梅宝的，另二间作为客房，专供客人住宿。

秋海棠他们回到庄上，坐下休息。张小狗子一见赵玉昆，就吓得倒躲倒躲。玉昆怒目相向，抢着拳头，远远地向他作势道："贼小子，我唤你别向三爷露口风，你倒索性给我通风报信了。该死的贼小子，不把你揍个半死，你可不知道咱老子的厉害！"

张小狗子急得什么似的，忙着在百步以外打躬作揖，忔楞楞地说："二爷饶命！二爷饶命！只为三爷等候梅姑娘回来，实在等候得太苦了。也是事有凑巧，刚才恰给小的撞见了您俩，像这样一个天大的喜信，叫小的怎么捺得住不给三爷知道呢？"

"二哥，这也是小狗子的一片好心，你就瞧小弟薄面，饶恕了他吧！"秋海棠不忘刚才对于张小狗子的诺言，急忙替他说情。

"不行不行，今儿个非揍死这小子不可！"玉昆一面嚷，一面顿着两脚，假意追了一箭多路，把张小狗子没命似的吓跑了，这才回头一笑道："三弟，我醉了，且让我睡一下觉再说。"说着，脚步歪斜地趔进瓦房里去了。

湘绮把皮箱和衣包拿到了屋子里去，又掇了一只竹凳出来，让梅宝坐了。于是三人肩并肩的紧挨着坐在一起，大家心中虽有万语千言，一时却不知道从哪里说起，只为欢喜过了度，不由得都扑簌簌地掉下眼泪来。

"梅宝，这到底是怎么一回事，当初好好的在学校里，却莫名其妙地跟着殷献仁跑了，这是我们俩后来从那老门房的口中探听出来的。只为他说你们是往兰溪去的，因此也找到兰溪，一路上找得你好苦，险些儿把我们生生地急死了。这样东闯西撞地找遍了几个码头，到处是扑空，哪里有你的影儿。于是我们都灰了心，同着韩老伯夫妇俩好容易辗转到了上海，跟你舅舅和舅母去商量。他们一听得这消息，好似晴天来了个霹雳，不由得都惊呆了。彼此商量了好久，也没做理会处。少华正在一家农科专门学校里念书，那天放学回来，知道了端的，一时忧愤交并，泪下如雨，连连说：'我非去找到她不可！我非去找到她不可！'第二天早上，他就带了个行李包，急急地走了。他母亲爱子心切，苦苦地拉住他，可也拉他不住。"

"爸，现在表哥在哪里呢？"梅宝一脸子透着忧急的神情，插口问着。

"他去了十多天，才来了一封信，说他正在皖浙交界的某地，恰因遇到了从前大学中的一位教授，在那里开报馆，就派他一个位置，他自愿担任采访工作，四出采访新闻，顺便可以找寻你，要是找到了你，立时跟你一同回来，万一找不到，那么真不知何年何月才有相见之日咧。那信上连地点都没有，要给他一个回信，可也无从寄去，只索默祷上苍，保佑你们小两口子早日聚头罢了。"

梅宝眼泪汪汪地默然了半晌，才又问道："那么你们两位老人家好端端怎么回到北边来了？"

"我们在上海耽了一个多月，不但你无消无息，连少华也无消无息，我们四个老的，连同韩老伯夫妇俩，虽是整日夜地惦记着你们俩，可也无可奈何。只为灰心极了，你舅舅恰又为了买卖不顺手，有一大批货给充公了，因此想带了那剩下来的货上北边去活动，我立时想起从前的庄稼生活，倒可使这颗心安定一下，于是大家合伙儿动身北上，你舅舅在城里开店，请韩老伯给他帮忙，我和你妈就到李家庄来，重新做庄稼人了。"

湘绮趁秋海棠的话告一段落，便忙着说道："钧，我们别老是说着我们的事，且让梅宝仔仔细细地诉说她失踪后的一切经过情形，好给我们打破这个偌大的闷葫芦，我心中痒痒地等着她说，委实是等得不耐烦了。"

　　梅宝思前想后，恍如做了一场恶梦，禁不住咬牙切齿地说："千不是，万不是，都是殷献仁不是！他不该安着坏心眼儿，把我诱骗出去，想和我一块儿过活，终于害人害己，死在土匪手中，白白送掉了一条命。我先还不知道他蒙着我，直到他临死时吐露真心，才使我明白过来。"接着她就从头至尾仔仔细细地诉说一切，从殷献仁骗她离开学校起，直到用了"新秋海棠"艺名在天声舞台登台唱戏为止，说一阵哭一阵，眼泪湿透了两块帕子，秋海棠夫妇俩定神听着，也赔了不少眼泪。

　　"梅宝，我真瞎了眼，重用了殷献仁这小子，才害苦了你！平日间瞧他勤勤恳恳的，以为少年老成，甚是可靠，却万万料不到他人面兽心，竟做出这样伤天害理的事来。怪道自从金华吃紧以后，他就不知所往，把同行的客账全都收了去，随即到学校里来诱骗你一同出走，图个人财两得。可是天网恢恢，疏而不漏，末了儿却给土匪送了他的命，这真是天理昭彰，罪有应得啊！可是我此刻却高兴得什么似的，因为你挨尽了百苦千辛，始终是保持清白，视死如归，使恶人们也奈何你不得，这正和我们在戏台上表演出来的忠臣烈士，一模一样。我吴钧何功何德，却生下你这么一个有胆量、有骨气的好女儿来！到如今细细一想，老天爷可真待我不薄呢。"秋海棠说到这里，真的是感激涕零了。

梅宝挺一挺胸脯，激昂慷慨地说："爸爸，我这种不怕死的精神，完全是从十多年的苦难中磨炼出来的。您总得知道，恶人们最大的武器，就是威吓利诱，我既拼着这条小性命不要，生死全不在意，那么天下还有什么大不了的事。恶人们见威吓没用，利诱不行，也就无法可施了。不瞒爸和妈说，当孩儿在窑子里被洪老疙瘩夫妇俩逼着要给什么王大爷梳栊的那夜，为了要保全我这清清白白的身子，曾把干爸送给我的那个大金戒，悄悄地从脖子里卸下来，发一个狠，向嘴里一送……"

"怎么样？怎么样？梅宝，你……你可曾把它咽下肚子去？这个可不是玩的。"湘绮情急地问。

梅宝嗤的一笑道："妈，您怎么说出这孩子气的话来？孩儿那时要是吞下了这大金戒，早就不在世界上了，今天还能活生生地回来拜见您么？我把那金戒送进了嘴以后，蓦地想起了表哥先前说过的'快快打起精神走向光明中去'的一句话，就立时吐了出来，决计不再觅死，而鼓着勇气和恶人奋斗了。嗒嗒嗒！此刻它还是好好地吊在脖子里。"说时，向胸脯上面贴身吊着的那只大金戒轻轻抚拍了一下。

"生死关头，连男子汉大丈夫也不容易勘破，不见古往今来许多忠臣烈士，先头未始不是不屈不挠，有如百炼之钢，但是末了儿忽然怕死起来，于是前功尽弃，只得变节屈服了。难为你一个小小女子，却能坚持到底，始终不变，连为父的也在佩服你呢。"秋海棠两眼直注在梅宝的脸上，说不出的又敬又爱。

湘绮抬眼瞧瞧秋海棠，又瞧瞧梅宝，笑吟吟地说："钧，这是你的遗传性啊！但瞧你平日间温温顺顺的，像娘儿们一样，可是一到了紧要关头，就好似吃下了豹子胆儿，什么都不怕了。"

"我虽是读书不多，却也知道一些为人之道，该温顺时就该温顺，该倔强时就该倔强，要是一味蝎蝎螫螫的，向人低头，那就是一条弱虫，算不得是个人了。"秋海棠满脸透着庄重的神色，侃侃地说。

"妈，您瞧我的脸蛋子怎么样，好几个月不见，可有什么变动么？"梅宝瞧着她母亲问。

"可怜的孩子，这几个月来，你受尽了磨折，当然瘦了许多。从前你的脸上一向是肉哆哆的，可是现在那两个颧骨，微微地耸起来了。"湘绮两眼含着怜悯之色，在梅宝脸上盘旋着，一面又捏了捏她的胳膊，又说："喏！就是这胳膊也比从前细一些了。"

"瘦一些算什么来，只消在这里好好地休养一个月，就可回复过来了。不瞒妈说，孩儿在匪窠里跟窑子里先后挨了两顿毒打，身上还留着伤瘢咧。这是荣誉的伤瘢，我愿它一辈子不要褪去。"

"好孩子，你这话很有意思。是啊！你身上的伤瘢，也正和为父的脸上这个十字伤瘢一样，是不屈于强暴的标记，大可留作一辈子纪念的。"秋海棠说时，不由得伸手向自己脸上抚摸了一下。

湘绮嗤的一声，笑起来道："呵呵！钧，我才第一次听得你说出真心话来了。先前你老是憎恶着这道伤瘢，为了它，甚至硬着心肠，十多年躲来躲去不肯和我见面。到如今回头一想，不是傻头傻脑的傻透了顶么？"

"当初我确是牙痒痒地痛恨着这个伤瘢，人不像人鬼不像鬼的，真是丢人，又怎能让你瞧在眼里，恨极时，简直要把这颗脑袋也砍了下来。可是我们见面之后，你一些儿没有厌恶的表示，先就使我放下了心，如今我又同情于这孩子，自然不再和当初一般见识了。"

"爸真有些想不明白，其实你的脸蛋的美丑，不在别人的眼睛上分别出来，全要瞧彼此的情感怎么样。要是情感好，那么丑的会瞧成美的，要是情感不好，那么美的也会瞧成丑的了。俗语说得好：'情人眼里出西施。'也就是这个意思。爸，你想我们一家三口子的情感是怎样的，难道也像看旦角儿在台上唱戏，还在斤斤计较着模样儿长得美不美么？"梅宝口若悬河地说着，倒像又在学校里的讲台上开始演讲了。

秋海棠情不自禁地伸手把梅宝的脸颊轻轻拧了一下道："小油嘴，你倒叽叽呱呱的怪会说话，叫为父的没法儿驳回你了。孩子，你跟我来瞧瞧我们的田，前儿在金华我做百货商店老板，今儿却在李家庄做农场主人了，前前后后共有一百多亩，种树、种菜、种五谷，什么都行。等少华回来后，我们一块儿合作，最近他改学了农科，来干这活儿，一定是出色当行的。"说完，和湘绮分牵了梅宝的双手，一同向那绿油油的田间走去。

　　长工们正在忙着工作，见有人来了，便停住锄头铁镐，抬起头来瞧，蓦见了一位花朵儿似的姑娘，都有些发呆，连头额上汗如雨下，也没有觉得。秋海棠兴高采烈地向他们笑嚷着："王大，李三，毛大狗，……这是我的闺女梅宝梅姑娘，她今儿才从南边来，往后你们只唤她梅姑娘得了。"

　　于是那些长工们都嘻开了嘴，你一声我一声地唤着梅姑娘。梅宝也就带着笑，向他们一个个点头。秋海棠眼瞧着那些给自己辛勤工作的长工，正好似大将举行阅兵礼时，见了那班雄赳赳气昂昂的子弟兵，自有一种踌躇满志的快感。何况娇妻爱女，依依在侧，更觉得意非常，暗想从今以后，否极泰来，再也不会有不如意事光降到他的头上来了。

　　梅宝才从惊涛骇浪中来，面临着绿野，嘘拂着春风，呼吸着清鲜而自由的空气，自也觉得心旷神怡，可是一想起了那为了她而漂泊在外的未婚夫罗少华，不由得愁眉深锁，郁郁不乐起来。

　　当他们从斜阳影里缓缓地回到瓦房前的场地上时，

梅宝还是一脸子罩着秋霜，没一些儿愉快的神色，一路上也是默默无声，不说一句话。她的心已远远地飞到浙皖边界，找她的未婚夫去了。

"梅宝，你怎么啦！好一响没开过口，脸上又是阴沉沉的，好像下雨天的天色一样，怪难看呢！"秋海棠低垂了头，两眼只是睃着梅宝。

梅宝这才抬起头来，眼眶子里含着泪花，凄凄切切地答道："爸，孩儿固然是平安回来了。可是表哥为了找寻我，远迢迢地单身出去，到如今还是不知下落，万一出了什么岔子，叫我如何过意得去？况且舅舅和舅母单生他一个，一向疼得什么似的，如今眼见我回来了，而爱子却不见回来，心中正不知要怎样的难受咧。"

"这个你倒不用担心。"湘绮抢着说，"少华究竟是个男孩子，年纪比你大一些，身体又比你结实得多，年轻人熬一些苦，是不算一回事的。临了他见找不到你，徒劳无功，也就灰了心，自然会赶回来了。我对于你的安全，早有这么一个信心，对于少华也是如此。"

秋海棠接口道："不错，梅宝，你妈的信心是十分可靠的。刚才我还在担心着你咧，她苦苦安慰我，横一个信心，竖一个信心，相信你能够保护你的自身，相信你干爸会找到你，相信你一定会安然回来，到如今不是一一都证实了么？因此上我料到她对于你表哥的信心，末了儿也会应验的，你且等着瞧吧！"

"爸和妈的话都不会错，不过我对于表哥总觉得过意不去，他为我抛弃了父母，离乡背井地出去找寻我，挨了苦还是扑一个空，我却安然地厮守在爸和妈的身边，倒像没事人儿一般，简直是连一些天良都没有了。我想皖浙的边界一带，自己都已去过，何妨前去找他一下，找得到当然最好，立刻同他回来，万一找不到，可是我已尽了我的心，为了爸和妈的份上，也一定要回来的，不知爸和妈可能允许我么？"梅宝恳切地说着，一面把眼睛盯在秋海棠和湘绮的脸上，等候他们的回话。

"这是哪里来的话！你刚回来，怎能再去，要是你去了，他恰好回来，两下里岂不是闹着走马灯般的把戏么？何况你孤零零的一个人，有谁伴着你去？"秋海棠忙不迭地说。

"有我在这里，就让我来伴着她去得了。小两口子你找他，他找你，找来找去找个一辈子，倒也好玩。来来来，梅宝，我们这就走吧！"赵玉昆伸直了两条胳膊，打一个呵欠，出现在堂屋的门限上，带着玩笑的口气说着。

"二哥休开玩笑！不论怎样，我们再也不放梅宝出去了。生和死，我们一家三口，都得厮守在一起！"湘绮急急地说着，一手扯住了梅宝的胳膊，似乎防她溜走的样子。

"梅宝，你不要着忙，明儿我打发张小狗子到城里去走遭，向你舅舅和舅母报告你已平安回来的喜信，一面探问你表哥有没有消息，等你舅舅那里有了回音再说。"秋海棠提出了一个建议。

第二天一清早，张小狗子奉命到城里报喜信去了。到了傍晚时分，一辆大驴车，辘辘地把他载了回来，挺神气地高坐在车夫的身旁，口中则则有声的，向那头驴呼叱着，而车篷里头，却装着四个人，是罗裕华夫妇和韩道本夫妇。

这驴车刚进得庄口，驴铃声琅琅地响着，秋海棠夫妇和梅宝早就跑出屋子，劈头迎了上去。彼此相见之下，梅宝立刻被包围在他们四个人中间，倒像做了个大包子里的肉馅。

罗裕华喜孜孜地对梅宝说道："梅宝，昨儿得了上海店里转来少华的一封航空快信，知道你已平安回来了，我们原打算今天赶来瞧你的，恰好张……"

"怎么说，怎么说！少华有信来了么？他怎么会知道梅宝回来的？"秋海棠打断了裕华的话，迫不及待地问。

罗裕华忙从怀中揣出一封信来，递给秋海棠，秋海棠的神经紧张得什么似的，两手抖抖索索地展开了信笺，湘绮和梅宝不约而同地都凑上来瞧，只见那上边写着道：

双亲大人膝下：拜别以来，眨眼儿已有好几个月了。儿投身新闻界，担任采访工作，一方面也就做探寻梅表妹的工作，流转浙皖边界一带，到过不少府县乡镇，也经历了不少艰难困苦，遇骗，遇贼，遇土匪；甚至被人诬作间谍，挨受了非刑，打进了牢狱，好在没有什么证据，不到半个月就被释放了。可是儿虽饱受种种磨折，幸喜平日在学校里锻炼身体，分外结实，一些儿没有影响，这要请两位大人放心的。儿的身体既很结实，意志也十分坚强，以为我们年轻人应当多遭苦难，才能了解一些为人之道，何况为了梅表妹份上，也是心甘情愿的啊。

儿白白的奔波了三个多月，东探西访，仍然得不到梅表妹消息，因采访新闻之便，更转到衢州玉山一带，达到江西境界，如此又是两个多月，也依旧毫无结果。失意归来，以为是没有什么希望的了。有一天在报馆中办公，无意间翻到了一份芜湖寄来的旧报，却见那天戏目广告中，有天声舞台为慈善机构募捐演戏的戏目，大轴是著名坤旦新秋海棠反串《罗成叫关》，一见之下，一颗心就别别别的跳了起来。我一向知道姑丈当年在北方演戏时，艺名"秋海棠"，而《罗成叫关》是梅表妹在上海时卖唱时所常唱的，于是我断定这新秋海棠定是梅表妹了。第二天儿就带了一些简单的行李，动身往芜湖去，一上了岸，立时赶到天声舞台，会见了那位舞台主人张老板，果不其然，新秋海棠确是梅表妹，前几天已由她的干爸赵玉昆老板带往北方跟她的爸和妈团聚去了。儿因睽违数月，并不知道姑丈、姑妈已回北平，又不知道他们的地址，没法写信去道喜请安，只得请两位大人代达一切了。

梅表妹既已珠还合浦，儿本想实践前言，立即回来向两位大人请罪。不过报馆主人胡老师别有发展，将作远行，坚邀儿同去，殷殷以大义相责，说青年应奋发上进，为国宣劳，万不该为了儿女情长，致使英雄气短。儿再三考虑之下，决计追随胡老师前去，替国家出一些力，也算不辜负了这堂堂六尺之身。儿先前曾对梅表妹说过："我们快快打起精神，走向光明中去！"此刻儿是真的打起精神，走向光明中去了，预料不久的将来，就会带着光明回来的。请两位大人保重福体，恕儿不孝之罪，并请转告梅表妹，耐心儿等着吧！男少华百拜。

大家读完了这封信，皆大欢喜，不由得相视而笑，莫逆于心。尤其是梅宝，霎时间喜上眉梢，说不出的万般快意，她的眼前仿佛已瞧见了一片光明，而少华正处身在这光明的圈子里。

　　　　　新秋海棠

"'一事无成两鬓斑，叹光阴一去不回还，日月轮流常相见，青山绿水挂在面前。'……新秋海棠，你唱着大轴子，也该来一个！来来来！我给你拍板。"

　　一行人回头一看，却见是赵玉昆，原来他在镇上喝饱了酒，踉踉跄跄地扶醉回来了。

关于《一生低首紫罗兰——周瘦鹃文集》

　　凡欧美四十七家著作，国别计十有四，其中意、西、瑞典、荷兰、塞尔维亚，在中国皆属创见，所选亦多佳作。又每一篇署著者名氏，并附小像略传。用心颇为恳挚，不仅志在娱悦俗人之耳目，足为近来译事之光。唯诸篇似因陆续登载杂志，故体例未能统一。命题造语，又系用本国成语，原本固未尝有此，未免不诚。书中所收，

　　　　　　　　新秋海棠

以英国小说为最多，唯短篇小说，在英文学中，原少佳制，古尔斯密及兰姆之文，系杂著性质，于小说为不类。欧陆著作，则大抵以不易入手，故尚未能为相当之绍介；又况以国分类，而诸国不以种族次第，亦为小失。然当此淫佚文字充塞坊肆时，得此一书，俾读者知所谓哀情惨情之外，尚有更纯洁之作，则固亦昏夜之微光，鸡群之鸣鹤矣。

以上文字，是当年在教育部任职的鲁迅，审读了出版社送审的周瘦鹃《欧美名家短篇小说丛刊》后，和周作人一起写的审读报告。这篇审读报告，最初发表于1917年11月30日《教育公报》第四年第十五期上。从这篇审读报告里，可以看出周氏兄弟对周瘦鹃的这部翻译小说的看重。

周瘦鹃的《欧美名家短篇小说丛刊》于民国六年作为"怀兰集丛书"之一种在上海中华书局出版，分上、中、下三卷，天笑生、天虚我生和钝根分别作了序言。天笑生在序言中肯定了周瘦鹃的文字"自有价值"。天虚我生更是对这部巨制不吝赞美之词。钝根在序中说到周瘦鹃爱读小说时，介绍他这位朋友境况是："室有厨，厨中皆小说。有案，案头皆小说。有床，床上皆小说。且以堆垛过高，床上之小说，尝于夜半崩坠，伤瘦鹃足，瘦鹃于是著名为小说迷。"可见周瘦鹃热爱小说的程度，也就不难理解他耗费一年多的时间，来翻译这部《丛刊》了。该书上卷曰"英吉利之部"，共收英国短篇小说十余篇。中卷分为"法兰西之部""美利坚之部"。下卷分"俄罗斯之部""德意志之部"等欧洲多国的短篇小说。而且几乎在每篇小说前，都有原作者小传。通过小传，大体能了解作者的生平和这部小说的写作背景，让读者能更好地理解小说。该书一经出版，影响很大，一时有"空谷足音"之誉，也给周瘦鹃带来很大的知名度。

关于周瘦鹃其他的原创文学，我们在《周瘦鹃自编精品集》（广陵书社2019年1月出版）的编后记里，曾经有过简略的介绍：

周瘦鹃的写作，一出手就确定了他的创作方

向，即适合市民大众阶层阅读的通俗文学。他发表的第一篇作品《落花怨》(1911 年 6 月 11 日出版的《妇女时报》创刊号)，就带有浓郁的市井小说的味儿，而同年在著名的《小说月报》上连载的八幕话剧《爱之花》，同样走的是通俗文学的路子，迎合了早期上海市民大众的阅读"口感"，同时也形成了他一生的创作风格。继《爱之花》之后，他的创作成了"井喷"之势，创作、翻译同时并举，许多大小报刊上都有他的作品发表，一时成为上海市民文化阶层的"闻人"，受到几代读者的欢迎。纵观他的小说创作，著名学者范伯群先生给其大致分为"社会讽喻""爱国图强""言情婚姻"和"家庭伦理"四大类。"社会讽喻"类的代表作有《最后之铜元》《血》《十年守寡》《挑夫之肩》《对邻的小楼》《照相馆前的疯人》《烛影摇红》等，"爱国图强"类的代表作有《落花怨》《行再相见》《为国牺牲》《亡国奴家里的燕子》等，"言情婚姻"类的代表作有《真假爱情》《恨不相逢未嫁时》《此恨绵绵无绝期》《千钧一发》《良心》《留声机片》《喜相逢》《两度火车中》《旧恨》《柳色黄》《辛先生的心》等，"家庭伦理"类的代表作有《噫之尾声》《珠珠日记》《试探》《九华帐里》《先父的遗像》《大水中》等。他的这些成就的取得，不仅在大众读者的心目中影响深远，也受到了鲁迅等人的肯定。1936 年 10 月，鲁迅等人号召成立文艺界抗日民族统一战线，周瘦鹃作为通俗文学的代表，也被鲁迅列名参加。周瘦鹃在《一瓣心香拜鲁迅》中还深情地说："抗日战争初起时，鲁迅先生等发起文化工作者联合战线，共御外侮，曾派人来要我签名参加，听说人选极严，而居然垂青于我。鲁迅先生对我的看法的确很好，怎的不使我深深地感激呢？"翻译和创作通俗小说而外，周瘦鹃还创作了大量的散文小品。他的散文小品题材广泛，行文驳杂，有花草树木、园艺盆景、编辑手记、序跋题识、艺界交谊、影评戏评、时评杂感、书信日记等，涉及社会生活的多个方面。此外，周瘦鹃还是一位成就卓著的编辑出版家，前半生参与多家报刊的创刊和编辑工作，著名的有《礼拜六》《紫罗兰》《半月》《紫兰花片》《乐园日报》《良友》《自由谈》《春秋》《上海画报》《紫葡萄画报》等，有的是主编，有的是主持，有的是编辑，有的是特约撰述。据统计，在1925年到1926年的某一段时间内，他同时担任五种杂志的主编，成了名副其实的名编。另外，他还写作了大量的古典诗词，著名的有《记得词》一百首、《无题》前八首和《无题》后八首等。

　　周瘦鹃一生从事文艺活动，集创、编、译于一身。在创作方面，又以散文成就最大，其中的"花木小品""山水游记""民俗掌故"被范伯群称为"三绝"（见范伯群著《周瘦鹃论》）。而"三绝"之中，尤其对"花木小品"更是情有独钟，不仅写了大量的随笔小品，还成为闻名天下的盆景制作的实践者。据他在文章中透露，早20世纪20年代末期，他就在苏州王长河头买了一户人家的旧宅，扩展成了一个小型私家园林。从此苏州、上海两地，都成了他的活动基地，在上海编报刊、搞创作，在苏州制作盆栽、盆景。而早年在上海选购花木盆栽的有关书籍时，还曾巧遇过鲁迅。在《悼念鲁迅先生》一文中，他透露说："记得三十余年前的某一个春天，一抹斜阳黄澄澄地照着上海虹口施高塔路（即今之山阴路）口一家日本小书店，照在书店后半间一张矮矮的小圆桌上，照见桌旁藤靠椅上坐着一位须眉漆黑的中年人，他那瘦削的长方脸上，满带着一种刚毅而沉着的神情。他的近旁坐着一个日本人，堆着满面的笑正在说话。这书店是当时颇有名的内山书店，那日本人就是店主内山完造，而那位中年人呢，我一瞧就知道正是我所仰慕已久的鲁迅先生。"买有关盆栽的书而邂逅鲁迅先生，周瘦鹃自称是"三生有幸"，而此时，他还不知道鲁迅曾经大加赞赏过他的《欧美名家短篇小说丛刊》。鲁迅也偶尔玩过盆景的，他在散文集《朝花夕拾·小引》里，有这样一段话："广州的天气热得真早，夕阳从西窗射入，逼得人只能勉强穿一件单衣。书桌上的一盆'水横枝'，是我先前没有见过的：就是一段树，只要浸在水中，枝叶便青葱得可爱。看看绿

　　　　新秋海棠

叶，编编旧稿，总算也在做一点事。"这个"水横枝"，就是盆栽，清供之一种，如果当时周瘦鹃能够和鲁迅相认，或许也会讨论一下盆栽制作也未可知啊。

这次编辑出版《一生低首紫罗兰——周瘦鹃文集》文丛，是在《周瘦鹃自编精品集》的基础上，对周瘦鹃主要作品的又一次推介，或者说是一次延伸。文集中不仅收入了他很多的原创作品，如小说、随笔、小品、序跋、后记、编后记等等，也收入了他的翻译小说，即从他的那部影响深远的《欧美名家短篇小说丛刊》里，精选了部分篇什，分为《人生的片段》和《长相思》两册。周瘦鹃的其他原创作品，除《花花草草》之外，也精选了一部分代表作，编为六册，分别为《礼拜六的晚上》（散文随笔）、《落花怨》（短篇小说）、《女冠子》（短篇小说）、《喜相逢》（短篇小说）、《新秋海棠》（长篇小说）、《紫罗兰盦序跋文》等，这些作品和《花前琐记》《花前新记》等作品一起，代表了周瘦鹃一生中的主要创作成果。

由于水平有限，在选编过程中不免会有不妥或失当之处，敬请读者朋友们多多批评指正！

陈　武

2019 年 7 月 25 日高温于花果山下